金元明清诗词

【阅读中华经典】

主 编 傅璇琮

副主编 黄道京 马悦乐

谢庆贵
宋忠泽 编著

带着一段美好的回忆，
行船在江边。
翠眉如黛的女子，
同状如眉峰聚的青山，
在清澈的江水中，
低低地相互打量。
我们同睡在一个小船舱。
听那淅沥的秋雨，
落在江上，
落在船舱里，
落在我们的心里。

泰山出版社

《阅读中华经典》编委会

序

傅璇琮

　　这套《阅读中华经典》，是打算将我国具有悠久历史而又绚烂多彩的古典文学作品系统地介绍给广大青少年，通过注释、今译和赏析，努力克服语言和文化知识方面的一些困难，让青少年能直接接触古典文学的精华，使他们从少年时代起就对我们伟大祖国的光辉文明有清晰的了解和深切的印象。

　　广大青少年在当前改革、开放的新时期中，思想非常活跃。他们迫切需要了解社会、了解自身，他们希望了解世界的历史和现状，更希望了解中国的历史和现状。中国是一个文明古国，又处在变化发展十分强烈的当今世界中，青少年一定会从现实的千变万化、五光十色中来探索我们民族过去走过的道路，想了解这个有数千年历史的传统文化怎样给现实以投影。我们觉得，在这当中，古典文学会首先引起他们的注意和兴趣。

　　据说，多年前，北京有一所工科学院，它的专业与唐诗宋词没有多大关系，但学校却为学生开设了一门唐诗宋词的选修课，结果产生了原来预想不到的效果。学生们读完了这门课程，激发了爱国心和民族自豪感。他们知道世界上除了托尔斯泰、雨果、海明威之外，在我国历史上早就有了屈原、李白、杜甫、陆游、辛弃疾等许多非常伟大的文学家，早就有了无数优秀文学作品。这就向我们启示：在古典文学界，除了专门论著之外，还应做大量的普及工作。我们应当力求用通俗、生动、准确、优美的文笔，向广大群众、广大青少年介绍我国丰富的文学遗产，介绍我国数千年的历史长河中涌现出来的众多优秀作家、艺术家，介绍我国古代作品中的精品，使他们懂得我们民族的文学中自有它的瑰宝，足可与世界各国的文学相媲美，使他们开阔眼界，增长见识，提高文化素养和审美趣味。这对于培育爱国主义思想，加强对祖国和民族的爱，提高道德情操，丰富精神文化生活，都会起很大的作用。列宁曾说过，只有用人类创造的全部知识财富来丰富自己的头脑，才能成为共产主义者。在一定的条件下，知识是可以转化成觉悟，转化成品格的。有着较高文化素养的人，对于正确与错误，高尚与卑鄙，善与恶，美与丑，更易于作出准确的价值选择。而文化素养中，文学是不可或缺的部分，它往往能在潜移默化、对世界美好事物的多方面领略和摄取中影响人的内心和精神面貌。这是文学的社会功能的特点，也可以说是它自己的规律，这是一种整体性的修养和培育。

这套《阅读中华经典》是我国古典文学启蒙读物，就是从上面所说的宗旨出发，一是介绍知识，二是提供对古典佳作的一种美的选择，美的品尝。如果广大读者特别是青少年能从中得到某些启发，从而有助于自身文化素养和情操的提高，就将是我们最大的满足。

这套读物是采取按时代编排的做法，远起上古神话，下及《诗经》、楚辞、先秦散文、秦汉辞赋、乐府古诗、唐诗宋词、元明清诗文及戏曲小说。这样成系统地类似于教材编写的做法，能否为大家接受？我们认为：第一，这是一次试验，我们想用这种大剂量的做法来试试我们处于新时期中青少年的胃口和消化能力;我们对他们的接受能力和审美水平有充分的信心。第二,我们采取既有系统而又分册出版的办法,在统一编排中照顾到一定的灵活性,读者可以根据自己的爱好,选择自己感兴趣的一部分阅读,不必受时代先后的束缚,兴趣有了提高,可以逐步扩大阅读范围。第三,广大教师和家长们一定能给予正确的指导。目前中小学语文课本中古典作品的分量不多,这套读物正好对此做必要的补充,青少年当可以在语文课之外获得更多的知识,而老师们和家长们的正确引导和指点,无疑会进一步消除阅读中的难点,从而提高阅读的兴趣。如果老师们和家长们能事先浏览,再进而做具体的帮助,则这套读物当更能发挥其系统化的优点。

对作品的注释,考虑到青少年读者的特点,将尽可能浅显,这是克服语言障碍的最基本一环。今译的目的,一是补充注释之不足,使读者对文意能有连贯的了解;二是增加阅读的兴味,使读者对原作的思想和艺术有一个整体的感受。另外,我们还尽可能帮助读者做一些分析,以有助于认识和欣赏作品的思想意义和艺术价值。同时,结合每一时期的文学发展和文体演变,我们还做了一些文学史知识介绍。这些介绍是想对学校教学因课时所限做若干辅助讲解,青少年如能对这些方面的知识有一个大致的掌握,对进一步了解古典文学的历史发展和不同风貌,一定会有较大帮助。

最后应当说明的是,参加这套读物选注工作的,大多是中青年作者。他们在繁忙的本职工作之余,从事于此,有时往往为找到一个词语的正确答案，跑图书馆翻书，找人请教，表现了认真负责的态度和普及文化知识的可贵热情。

　　另外，这套丛书能与广大青少年读者见面，是和泰山出版社的大力支持分不开的，他们为此付出了辛勤的劳动。在这里谨向他们表示深深的谢意！

前言

　　"江山代有才人出，各领风骚数百年。"这是清代赵翼《论诗》中的名句，反映了他的人才观和文学发展观。凡一代有一代之文学，中国古典诗歌到唐宋两代发展到了高峰。元代是诗词曲诸体完备的时代，明清是文学诸体完备的时代。元曲、明清小说又发展到了一个高峰。在中国文学的"大观园"里，可以说是"千姿百态"、"各有千秋"、"映日遥辉"、"光景常新"。

　　一般说，唐诗和宋代诗词代表着中国古典诗歌的最高成就。但是金元明清诗词各有它自己一代的杰出诗人及其代表作。这些诗词继承了我国优秀的文学传统和艺术手法，开拓了诗歌的视野，探索了诗歌的理论和创作方法，进一步反映了社会现实、人民生活、时代风貌，特别是爱国主义精神，这在中国诗歌史上是永远开不败的一枝鲜花。

　　金、元、明、清四朝诗歌，始终沿着与民歌相结合的道路向前发展。民歌来自民间，来自心声，这是诗歌创作自然、天籁、万古常新的土壤。金代的"俗谣俚曲"迅速地为元代文人掌握并加以改造，然后创作出散曲。散曲比词更接近口语。诗歌要接近口语而又不是口语化，这要经过作家加工、提高，不断地更新。金代元好问《论诗三十首》说："慷慨歌谣绝不传，穹庐一曲本天然。中州万古英雄气，也到阴山敕勒川。"民间歌谣、乐府和曲调一直与音乐不能分开。北宋中期以后，词作为一种供吟诵案读的文人专门学问，与民间曲子基本绝缘。城市中一些歌女伶工唱辞，是从旧辞中翻新而制作出来的一种新声体。这种新声体在金代叫北曲，到了元代，北曲代替了燕乐，辞不复歌，燕乐亡而词不亡。金、元、明、清四朝词也不断"袭故而弥新"（晋代陆机《文赋》），在中国诗歌园地里，又是百般红紫斗芬芳。

金、元、明、清诗歌的发展，也走的是变革、革新、竞争的道路。历代诗家流派的"百家争鸣"，基本上是从属于当时社会发展和政治需要并为之服务的。作家的诗风，也反映了作家的文学修养、个人气质和政治态度。

金代初期，吴激、蔡松年二人都由宋入金，他们的作品充满去国怀乡的复杂感情。吴诗造语清婉，哀而不伤；蔡诗文词清丽，尤工乐府。当时称之为"吴蔡体"。金室南渡以后，文风一变，多感慨悲壮之音。金词对宋代豪放派和婉约派的词有所继承，而且出现了使之并流合一的趋势。代表金词最高成就的是中州巨擘元好问。他的作品反映了多方面的社会生活，感情真挚，风格多样，意境阔远。金末，有段克己、段成己兄弟并称"二妙"，入元后则拒绝出仕，多慨叹兴亡之作，风格淡远。

元代诗人大体上包括宋、金遗民，以及在蒙古王朝统治下的北方词人，在元代民族歧视政策的压迫下，他们绝大多数不同元统治者合作。社会动乱使得一些诗人进退两难，在民族矛盾中讨生活，许多诗篇集中写隐逸、山水、怀古三大题材，实际上是诗人对当时黑暗政治的一种消极反抗。明代胡应麟在《诗薮》中评论元诗说："其词太绮缛而乏老苍，其调过匀整而寡变幻"，"肉盛骨衰、形浮味浅，是其通病"。这是指某些作品而言，不能一概而论。元代社会政治日趋稳定后，诗歌创作才出现盛世之音。代表元代诗词成就最高的当推少数民族诗人萨都剌，其诗多写自然景物,也有反映现实生活、揭露社会阶级矛盾的内容。萨氏词的风格或流丽清婉,或豪迈奔放;小令婉丽,长调雄浑。《满江红·金陵怀古》《念奴娇·登石头城》二阕,能熔铸前人诗意,又点染新词,为元人怀古词中的翘楚,置入宋词中亦无逊色。白朴《朝中措》(田家秋熟办千仓),因蝗害而想到安得四海尽金穰,这在前人词中是鲜见的题材。元代诗歌在体裁上有所创新,特别是民歌体的诗,如揭傒斯、杨维桢等人作品有民歌风味。清代王士禛对杨维桢(铁崖)评价说:"杨铁崖时涉温、李,其小乐府亦过晚唐。他人与晚唐相出入耳。"(《师友诗传续录》)可见元代一些诗歌也有晚唐的风采。

明初诗歌出现了百余年来未有的高潮。无论诗人或诗作的数量,都超过前代。众多由元入明的作家,不满意元末纤弱萎靡的诗风,转而模拟唐诗的趋势并能各抒心得,自成一家。才华最高的诗人高启,诗风雄健,兼备众长,神思敏捷,描写农家生活的诗多至千首,尤善于模拟古作,神貌酷肖,他因赋诗有所讽刺,为明太祖所忌,后因给魏观写《上梁文》,被朱元璋腰斩于市。与高启、张羽、徐贲相友善,称为"吴中四杰"的杨基被谗夺官,死于工所。明代由于文网森严,一些著名诗人都直接或间接被封建统治者所杀害;一批台阁重臣、贵族大官僚,以杨士奇、杨荣、杨溥(世称"三杨")为代表,用诗歌粉饰现实,点缀升平,多是应制、题赠、颂圣的作品,形式典雅、工丽,被称为"台阁体",风靡一时,垄断明初文坛八十余年,恹恹无生气。在"台阁体"颓风逆流中,也有砥柱、独秀的诗作。如以于谦为代表的现实主义作品与之形成了鲜明的对照。以后"杂体"诗兴,作者林立。明代中叶成化至正德年间被推为诗文盟主的钓茶陵诗派代表李东阳,推崇李白、杜甫,也未能消除"台阁体"诗歌的影响。以后以李梦阳、何景明为代表的"前七子",以李攀龙、王世贞为代表的"后七子",他们持论基本一致,主张"文必秦汉,诗必盛唐"。前后"七子"掀起"以盛唐为法"的文学运动,或称为"复古运动",或称为"拟古主义",实质上不过是刻板地"学古"。他们在文风上沉重地打击了"台阁体",在思想上力图冲破程朱理学的束缚,在政治上力图改变当时宦官、权奸统治的黑暗局面。他们的文学倾向具有封建时代的思想解放和政治革新两重意义。当"前七子"拟古化声势煊赫之时,吴中一些诗人如唐寅、文征明、沈周、祝允明等,卓然自立,并不随风崇古,作品各有特色,清新可喜。万历至天启期间,徐渭、汤显祖、李贽等人自成一家,反对诗作鹦鹉学舌,提倡诗歌应"出于己之所得,而不窃于人之所尝言者也"。以袁宗道、袁宏道、袁中道为代表的"公安派",以及钟惺为代表的"竟陵派"一同起来反对拟古主义,其中以袁宏道影响最大。他们认为文学是发展演变的,不应贵古贱今,坚决反对前后"七子"以"剿袭为复古"(袁宏道《雪涛阁集序》),主张"独抒性灵,不拘格套"(《小修诗叙》)。当时"学者多舍王(世贞)、李(攀龙)而从之"(《明史·文苑传》)。明末,在东林党人发动下又出现了反阉党的进步文学团体。但是,前后"七子"的模拟文风,公安派的诗意浅露,竟陵派的诗境狭小,都说明当时诗人基本没有深刻认识诗作源于生活的重要性,在创作指导思想上存在着偏颇。现实斗争使许多作家改变了观点,诗风为之一变,其中杰出的代表是陈子龙(复社主要成员,后创立几社)、夏完淳、张煌言、瞿式耜等,他们树起了爱国主义旗帜,他们的诗词表现出崇高的民族气节和感人的英雄气概,使得明末词坛焕发光彩,不仅挽救了一代词运,而且也为清词中兴开了先河。

　　清代是我国诗歌史上一个重要发展时期,诗人如林,诗歌如海,其中的优秀之作,在反映现实生活的深度和艺术技巧的运用上,有各自的特色。最初在诗坛上闪耀着异彩的,一类是明末的遗民诗人,如顾炎武、屈大均、吴嘉纪、陈恭尹等,有不少人参加抗清义师的斗争,抒写了国亡家破的悲痛、光复故国的激情,以诗纪事,堪称一代诗史;一类是被称为"开国宗匠"的两位重要诗人钱谦益、吴伟业,实际上是主盟清初诗坛的仕清人物。他们对清代诗歌的发展起了"开山"的作用。继钱、吴以后,逐步成为清初诗坛领袖的是王士禛。他顺应康熙年代渐趋安定的局势,继承了宋代严羽诗论的余论,以"神韵"为宗。与王士禛齐名而学宋诗成就最大的应推查慎行。

　　乾隆到嘉庆时期,影响较大的是以沈德潜为首的逐步完善明"后七子"的"格调"之说,一度主盟诗坛五十余年,实质上他与明前后"七子"一样主张扬唐而抑宋。稍后翁方纲以经术考证为诗,倡言"肌理"之说。他说:"为学必以考证为准,为诗必以肌理为准。"(《志言集序》)这是一种模糊文学特征的主张;以袁枚为首的"性灵派"否定因袭,主张"性灵",他说:"自三百篇至今日,凡诗之传者,都是性灵,不关堆垛。"(《随园诗话》卷五)对清以来的"神韵说"、"格调说"、"肌理说"等,进行了尖锐的批评。以地域来区分,清代又有浙江诗派、江西诗派、岭南诗派各占坛坫。郑燮、黄景仁,不属"性灵派",但直抒性情,多用白描,明白通畅。袁枚、赵翼、蒋士铨号称"乾隆三大家",他们诗论的主张基本相同,赵更多以文习诗的习气,蒋诗沉雄,颇有风骨。从创作实践和影响来看,他们二人都不及袁枚。嗣后舒位、洪亮吉、彭兆荪

金元明清诗词

等人的诗歌创作也都卓然自树。

清诗的思想内容、题材、体裁、艺术手法，都有所创新和发展。

明代词人受花间词派影响较深，所作以小令居多。清代朱彝尊说："词自宋、元以后，明三百年无擅场者。"（《水村琴趣序》）但他也认为明初词家保存了宋元的遗风。"温雅芊丽，咀宫含商"（《词综发凡》）。明末清初词坛上却又放出新的光芒，陈子龙、夏完淳、屈大均、金堡（释澹归）等诸家词作，焕发着彪炳千秋之光。

清代词坛呈现了非常活跃的局面，可以称为词的中兴时代，词家辈出，词作空前，而且标举词派，蔚为宗风。这又是一座中国文学高峰，值得我们加以探索。清初词是清词"中兴"的要枢。陈维崧、朱彝尊、顾贞观、曹贞吉、纳兰性德等是清初著名词家。在嘉庆年间之前受陈维崧、朱彝尊二人影响的词人"十居七八"（谭献《箧中词》二）。纳兰性德的词情真意切，善于造境，近代王国维誉为"北宋以来，一人而已"（《人间词话》）。先后兴起的有浙西、阳羡、常州诸词派。浙西词派创始人为秀水（今浙江嘉兴）朱彝尊。他的词论崇尚南宋姜夔、张炎，以"清空"醇雅为宗，选辑有《词综》一书，后经厉鹗宣扬，风靡一百余年。阳羡词派以阳羡（今江苏宜兴）陈维崧为领袖，词论效法苏轼、辛弃疾，词风豪放，不标榜流派，影响不及浙西词派。但是浙西、阳羡二派都没有建立起完整的词论体系，而且他们的末流，都失去原来词风。当两派都渐趋衰敝之际，应时而起的就是常州词派。开创人为江苏常州人张惠言。他与张琦兄弟编选《词选》一书，力救衰颓之势。他主张词应意内言外，比兴寄托，继承"风骚"遗旨。他既开途径，又标宗旨，而且后继有人。他的外孙董毅编有《续词选》，另一常州人周济编有《介存斋论词杂著》、《词辨》、《宋四家词选》等书，常州词派理论得以修正补充而发扬光大。近人陈廷焯《白雨斋词话》和况周颐《蕙风词话》，可以说是常州词派词论的总结。常州词派所标举的比兴寄托之说，又是中国文学批评理论中长期引起重视和研讨的问题。古人所寄托的思想感情多是封建士大夫的身世之感，而不是反映时代现实中的重大矛盾。我们今日读它们不可不注意，当然也不可强求古人。

　　这本小册子，只选到龚自珍为止。在作品篇目的选择上，既注意金、元、明、清各个朝代古典诗词的代表作和当时某些社会题材的佳作，又注意到少年读者能够理解、接受并可以从中受益的作品。但由于篇幅所限，难免挂一漏万，书中的不当之处，还望批评指正。如果这本小书能对少年读者学习、欣赏古典诗词有所帮助，那将是我们最大的希望。

目录

金元明清诗词

清　代

金　代

诉衷情^①

吴　激

夜寒茅店不成眠^②，残月照吟鞭^③。黄花细雨时候^④，催上渡头船。鸥似雪，水如天。忆当年^⑤。到家应是，童稚牵衣^⑥，笑我华颠^⑦。

吴激（1090～1142），字彦高，号东山，建州（今福建省建瓯县）人。宋钦宗靖康末，奉宋王命出使金，因他是知名人士，被金人扣留。累官至金翰林待制，后出知深州（今河北省深县），到任即卒。他工诗能文，字画俊逸，著有《东山集》。

① 诉衷情：词牌名。
② 茅店：简陋的旅舍。
③ 吟鞭：诗人的马鞭。
④ 黄花：指菊花。
⑤ 忆当年：回忆当年离家的情景。

⑥ 童稚;童,童仆。稚,幼儿。陶潜《归去来辞》:"童仆欢迎,稚子候门。"

⑦ 华颠:花白头发。

村野的小客店,寒气逼人,

一夜我也没有合眼。

趁早,天边还挂着一弯残月,

照着我扬起马鞭上归程。

黄花季节呵!下着漾漾细雨,

催我赶到渡口,登上渡船。

群鸥似雪纷飞,

江水与天共色。

记得当年离家时也是这样的美景。

以后我如果到家,那应是——

孩儿们迎着我,牵着我的衣角,

笑我这白发老头是从哪儿来的呵!

这首词细腻生动地描写了作者久别故园、归家心切的心情。上片写思家,夜不成眠,趁着"残月",急忙扬鞭回乡,又逢"细雨",被催唤上了渡船,"催"字起着传神的作用。寒夜残月,黄花细雨,扬鞭上渡,都是写急切盼归情中的景物。下片写登舟遐想,忽而忆起当年离家的情景,忽而又想象归家时的喜悦心情。

人未归,心已归,不写自己盼归,而写家人倚(yǐ)门望归。末句是全词的主旨,使人想起唐代诗人贺知章"笑问客从何处来"(《回乡偶书》)的乐趣。词意优美,词笔自然,词风清婉,表现得很有情味,寄寓了作者对故国故乡的无限怀恋之情。

同儿辈赋未开海棠（二首选一）①

元好问

枝间新绿一重重，小蕾深藏数点红②。

爱惜芳心莫轻吐③，且教桃李闹春风④。

元好问(1190~1257),字裕之,号遗山。太原秀容(今山西省忻县)人,唐代诗人元结后裔。七岁能诗。金宣宗兴定五年(1221)进士。金亡后不愿为官,专心著述。时人称颂他为"苏(轼)黄(庭坚)复出"。编纂有金诗总集《中州集》,著有《遗山先生全集》。

① 赋:照直地描写事物。海棠:落叶灌木或乔木,春季开花较迟,花蕾呈深红色,开放后呈淡粉红色或白色。

② 蕾:含苞待放的花朵。

③ 芳心:花蕊。

④ 且教:且,语助词。教:让的意思。闹春风:指百花在春风中竞放。

枝间的嫩叶,绿了一层又一层,
小蓓蕾,在绿叶深处吐露几点红。
珍惜自己的美丽,不要随意吐露,
且让桃花李花先去招惹春风。

这是作者晚年写的一首咏海棠诗。他抓住海棠晚于其他春花开放的自然现象,描绘了海棠从容不迫、含蓄蕴藉、不同百花

争春的风采，赞颂立身要自珍自爱，不轻易以身许人的高尚情操。宋代诗人刘克庄《海棠》诗："海棠妙处有谁知，全在胭脂半染时。"杨万里《郡圃春花》诗也说，"绝怜欲白便红处，正是微开半吐时。"花开适时，比喻有志气的人不是不上进，而是不贪慕荣华、趋附显贵以求上进；不是为私以身相许某个人，而是适应时代和社会的需要，为国家为集体，以身奉献给人民事业。这首咏物诗很典型，言在此而意在彼。表面上同孩子们共勉不要轻易表露自己的才华，实际上表达自己在金亡后不愿仕元的节操。

山居杂诗（六首选一）

元好问

川迥枫林散①，山深竹港幽②。
疏烟沉去鸟③，落日照归牛。

金元明清诗词

讲一讲

① 迥（jiǒng）：远。这里作广阔解。 散：稀疏分散。

② 幽：静。

③ 沉：没。

译过来

汪汪的水，挽着稀稀拉拉的枫林，

青山绿竹，幽静地守候在池塘边。

一缕薄薄的风烟，鸟儿飞去不见影，

美丽呵！夕阳拖着长晖，牵着牛儿归。

帮你读

这首五言绝句诗，不用典故辞藻，却写得清丽自然，好像一幅彩色的山水画。用江面阔大来陪衬枫林的稀疏，用山深来陪衬竹港的幽静；疏烟远，鸟儿飞得更远；落日归，牛儿也归。远近、上下的景物融合在一个画面里，色彩鲜明，平淡自然。正如作者《论诗三十首》中说的"一语天然万古新，豪华落尽见真淳"。"落日照归牛"这五个字，万古千秋都是新鲜的，一切雕饰的字句都抹去了，才能显出心声心绪的真情本色。诗人对农村生活有着深厚的感情，楚楚动人地描绘出农家乐的风貌。

忆 梅

段克己

姑射仙人冰雪肤①，青年伴我向西湖②。
别来几度春风换③，标格而今似旧无④？

段克己（1196～1254），字复之，别号菊庄。绛州稷山（今山西省稷山县）人。金末进士。入元后，与从弟段成己避地龙门山（今山西省河津县北）长达二十余年。时人称赞为"儒林标榜"，称他兄弟二人为"二妙"，所著诗合为《二妙集》。

① 姑射（yè）：古名壶口山。在今山西省赵城县西。语出《庄子·逍遥游》，说山上住有神人，她的肌肤像冰雪，柔美像未婚的少女，后人因以称美女为藐（mó）姑仙子或者姑射仙子。这里是比喻梅花。

② 向：到，趋向。

③ 几度：几次。

④ 标格：品格，风姿。无：否。

你有仙子般的风采和冰雪般的肌肤，
往年曾伴我同游西湖。
分手以来又度过好几个春天，
如今的风姿还像旧时的仙姑？

这是作者用拟人化的手法来写梅花，托物言志，寓意深远。标题是"忆梅"，诗句无一字道破本题，但却能淋漓尽致地表现出

梅的形神情貌，而且含有题外之旨。宋代文学家欧阳修《盘车图》诗："梅诗咏物无隐情"，也就是讲写形不如写神的道理。作者入元不仕，避地深山，隐居守拙，眷（juàn）眷不忘故国。忆梅，也就是怀念自己的故国。作者对故国寄予深情，尽管饱受风雨霜雪的折磨，也要同梅花一样保持自己的品格。

元 代

十六字令①

周玉晨

眠。月影穿窗白玉钱②。无人弄,移过枕函边③。

周玉晨(生卒年不详),字晴川,钱塘(今浙江省杭州市)人。有《晴川词》。

① 十六字令:词牌名。

②"月影"句:月光从窗外树枝树叶或绣帘小孔的间隙穿过,射在床上,形成小小圆影,恰似断了线散落的一枚枚白玉钱。

③ 枕函:指枕箱之类。唐代司空图《杨柳枝》词:"偶然楼上卷珠帘,往往长条拂枕函。"

夜,不成寐呵!

月光穿过窗帘的小圆孔,

恰似散落的白玉钱。

没有人去拨弄它，

它就移到枕头那一边。

帮你读

　　眠，单字作句而且入韵，揽起下面三句情态。由于夜不成寐，躺在床上，才有月影如白玉钱的凝视、玩味和"弄钱"的联想。然而月影毕竟不是钱，没有人去拨弄它。随着时间的推移，月影移到枕头那边去了。词人摹写物象，对这种瞬间的意识活动，提供了一个生动有趣的画面，直可当李白《静夜思》读。

金元明清诗词

朝中措^①

白 朴

　　田家秋熟办千仓^②，造物恨难量^③。可惜一川禾黍^④，不禁满地螟蝗^⑤。　　委填沟壑，流离道路，老幼堪伤^⑥。安得长安毒手^⑦，变教田海金穰^⑧？

　　白朴（1226～1307），字仁甫，又字太素，号兰谷。祖籍隩州（今山西省河曲县），后随父母留居南京（今河南省开封市）。金亡时，父子相失，由他父亲的好友元好问收养。元至元十七年（1280年），迁居金陵（今江苏省南京市），终身不仕。他与关汉卿、马致远、郑光祖，并称"元曲四大家"。著有《天籁阁词》及杂剧、散曲集等。

　　① 朝中措：词牌名。

　　② 办千仓：置办很多粮仓。

　　③ 造物：指大自然。难量：难于计量。

　　④ 川：平地，平原。黍（shǔ）：籽粒呈淡黄色，去皮后叫黄米。

　　⑤ 螟（míng）：螟蛾的幼虫，蛀食水稻、谷子等农作物。蝗：吃庄稼的害虫。

　　⑥ 委：抛弃。流离：生活没有着落，流亡在外。堪（kān）：可

以。

⑦.安：怎么。毒手：狠毒的手段，指果断而有效的方法。

⑧ 穰（ráng）：五谷丰盛。

译过来

秋收在望了，
农家要准备很多谷仓。
哪知天老爷恨得那样深，
像海水那样不可斗量。
可惜呵！这一片平原的谷子，
遭受虫害不收粮。
饿死的人，
都被抛弃在野，填满沟壑。
男女老幼真够惨，
只得背井离乡，四处逃荒。
怎么才能得到一条绝招的办法，
让饥荒灾难的世界，
变得温饱、安康？

帮你读

　　宋末元初争战不断，水灾（包括黄河决堤）、旱灾、蝗灾相继为害，民不聊生。饥民流离失所，死者委填沟壑。白朴这首词作反映的现实，在元词中是不多见的。词的上片写秋熟和蝗害的矛盾无法解决，只有归恨于老天爷。老天爷恨老百姓之深难以计量。词的下片写蝗害后果和词人的期望。蝗害的后果是惨不忍睹的，词人的期望在当时的条件下是不可能实现的。但作者同情黎民的苦难，期望"四海金穰"，如同唐代诗人杜甫期望"安得广厦千万间，大庇天下寒士俱欢颜"（《茅屋为秋风所破歌》），白居易期望"安得万里裘（qiú），盖裹周四垠。稳暖皆如我，天下无寒士"（《新制布裘》）一样，是值得称赞的。

博浪沙^①

陈 孚

一击军中胆气豪^②，祖龙社稷已惊摇^③。

如何十二金人外^④，犹有人间铁未消^⑤。

讲一讲

陈孚（1240～1303），字刚中，号笏（hù）斋，临海（今浙江省临海县）人。幼时读书过目不忘。曾任河南上蔡书院山长（院长的尊称），元时任国史院编修、礼部郎中，官至台州等路总管府治中。著有《观光稿》、《交州稿》、《玉堂稿》等。

① 博浪沙：地名。今河南省原阳县境内有秦阳武故城，其南有博狼沙，《史记》作博浪沙。张良先世韩国，秦灭韩，张良为韩报仇，得力士，其铁锥重百二十斤。秦始皇东游，张良使力士操铁锥狙击秦始皇于此。张良，字子房，秦末为刘邦谋士，佐汉灭秦楚，因功封留侯。

② 胆气：胆量和气概。

③ 祖龙：指秦始皇。秦朝使者从关东夜过华阴平舒道，有人持璧拦住使者说："今年祖龙死。"弃其璧去。第二年秦始皇就死了。这句是说，虽然未击中始皇，而秦王朝统治已被动摇，陈胜、吴广等农民军，因之而起。祖龙社稷（jì）：指秦始皇的江山。惊

摇：震惊动摇。

　　④ 十二金人：秦王朝收缴天下的兵器，集聚在咸阳，熔铸成十二个金人。

　　⑤ 铁未消：兵器没有收缴尽。

　　　　向秦始皇的一击，多有胆量和气势，
　　　　震惊并动摇了秦王朝的统治。
　　　　怎么在铸造十二个金人以外，
　　　　在人间还有未收缴尽的兵器？

　　这是一首托古见志的咏史诗。据《史记·留侯世家》记载，张良在淮阳（今河南郑州）学礼的时候，遇见一大力士，他手持的铁锥重一百二十斤。当时秦始皇东游，张良与大力士狙击秦始皇于博浪沙，但未能击中秦始皇乘坐的马车。秦始皇大怒，大搜天下，追捕刺客。张良更改姓名，躲避到下邳（pī）（今江苏省邳县）。这首咏史诗，不只叙述一件历史事实，赞美张良的胆识，还反映了作者对国家兴衰、人事功过、是非、爱憎的看法。秦始皇完成中国的统一，并采取一系列的政策措施，对中国社会发展具有促进作用。同时，秦王朝也实行了一系列的暴虐政策。这首诗就是抨击秦王朝企图消灭农民武装的暴虐政策。说明了这样的道理：哪里有压迫哪里就有反抗。诗的起句，破题突兀（wù）高远，"击"字如惊涛拍岸，"豪"字则气势冲霄。第二句，书事雄胆道劲,抓住"祖龙社稷"的本质紧紧不放,是"击"的目的和效果。第三句引证出奇探幽,"十二金人"如闪电划空,转入一个新意境,令人惊愕。第四句,结句干脆利落,从容自然,"铁未消"言有尽而意无穷,含蓄隽(juàn)永,耐人寻味。

金元明清诗词

菩萨蛮^①

刘敏中

贾君彦明为阳丘丞，三年职扬政举，而廉苦过甚。其归也，作长短句赠之^②。

挈家来吃山城水^③，三年不剩公田米^④。何物办归装？一车风满箱。　　吾人垂泪叹^⑤，过客回头看^⑥。谁不爱清官？清官似子难。

刘敏中（1243～1318），字端甫，号中庵，章丘（今山东省章丘市）人。自幼卓异不凡，拜河南行省参政等。他一生为官清正，敢于对权贵横暴绳之以法，并上疏指陈时弊，受到皇帝的嘉纳。著有《中庵集》。

① 菩萨蛮：词牌名。又名《子夜歌》、《重叠金》。

② 词前用一段文字，说明作词缘起，并略为说明词意，称为词序。阳丘，即今山东省章丘市。贾彦明为章丘县丞，三年来为地方上做了不少好事，这叫"职扬政举"。他本人自奉甚廉，颇受百姓拥戴。当他任满离职归里的时候，作者闲居在家，写了这首词（长短句）赠他。

③ 挈（qiè）家：携带家眷。这句是说，携带全家在这山城里

金元明清诗词

过着清苦的生活。

④ 这句是说,三年任满,不多带公田的一粒米回家。剩:余。公田:意指公家田,给养贫民用田。这句是指"公私分明"。

⑤ 吾人:我们。垂泪叹:赞叹贾彦明为官清廉,叹惜如此好官实在难得,因此挥泪相送。

⑥ 过客:指卸任去职的贾丞。在那种场合一步一回头地揖(yī)手作别。

译过来

携带妻子儿女来喝山城的水,
三年为民办了不少好事,
临走也不带公田一粒米。
行李包里鼓鼓地装着什么?
一车清风满箱中。
我们挥泪告别您这样的清官,
您也舍不得离开我们,
一步一回头。
谁不喜爱自己的清官,
像您这样的清官真是难得。

帮你读

旧社会贪官污吏屡见不鲜,清廉的官是很难得的。这首词歌颂一位为政清廉的地方官。词的上片,叙述了贾彦明县丞三年来的清廉政绩,以及卸任时的两袖清风。在旧社会常说"三年清知县,十万雪花银",可见,一般地方官吏是如何地搜刮民脂民膏、贪赃枉法了。贾县丞喝的仅仅是一口水而付出的却是血和汗,公私分明,安贫乐道,"廉苦过甚"。词的下片,描述当地老百姓送行的动人场面,赞叹并惋惜"清官难得",作者热情歌颂贾县丞,如此清官更难见了。历代用词赞扬为官清廉的题材,是比较少见的。作者刘敏中的人品也是值得称赞的,他无论在为官之日还是赋闲之时,都关心国计民生。他在《清平乐》中写道:"繁华敢望?自喜清贫状。老屋三间空荡荡,几册闲书架上。客来或问中庵,平生虎穴曾探?隐几悠然不答,窗间笑指山岚(lán)。"他的生活也很清贫,所以视贾彦明为同道,并写词赞扬,这就是很自然的了。

村居杂诗①

刘　因

邻翁走相报②，隔窗呼我起③。

数日不见山，今朝翠如洗④。

讲一讲

刘因(1249～1293),字梦吉,号静修,雄州容城(今河北省徐水县)人。三岁识字,过目即能记诵。六岁能诗,七岁能文。他精研理学。元世祖至元十九年(1282年)应召入朝,为承德郎、右赞善大夫,不久辞归。后又被征召,他因病辞。著有《静修集》。

① 原诗四首,这里只录第一首诗的前四句。
② 报:告诉。
③ 起:起床。
④ 翠:青绿色。

译过来

邻居老汉一早就来到,
隔着窗户叫我快快起。
几天没有看见对面山,
今朝青翠如滴像水洗。

帮你读

作者长期隐居山村,竹杖芒鞋往来于青山秀水之间,虽有田园的乐趣,但志不在田园,隐居是不得已的。因此,他的隐居,既不像东晋人谢安那样志在用世而先隐居以抬高声望,又不像东汉人庞德公那样真正地隐居避世,躬耕采药,不履城市。刘因是理学家,理学家是要通过从政实现他的治国平天下的理想的,但在蒙古贵族统治之下,他不愿意与他们合作,只好隐居终身。这首叙事诗,描写邻翁叫他早起看山。情节简单,题材平常,语言平淡朴素,明白如话,耐人寻味。第一,把两位老汉的形神举止写得栩栩如生,惊喜的心情跃然纸上。第二,阴雨和云雾把山峦遮住几天了,心里怪闷的。透露出隐士对青山那样痴迷,对尘世那样厌恶的一种心理状态。第三,天突然放晴,青山滴翠,心情也开朗起来。第四,更有意思的是,不仅是独乐山居,而且是同乐山居。这是刘因诗词的特点:他不写老来悲,而是写老来乐;不是独乐而是反映一般群众的生活情趣。这首诗,"起"字是点睛之笔,看起来平淡,实际上内涵丰富。正是平而有趣,淡而有味。历代诗评认为,两宋诗中不易找到陶渊明诗中旷而且真的意境,元代刘因却填补了这一空白。

咏 雪

吴 澄

腊转鸿钧岁已残①，东风剪水下天坛②。
剩添吴楚千江水③，压倒秦淮万里山④。
风竹婆娑银凤舞⑤，云松偃蹇玉龙寒⑥。
不知天上谁横笛⑦，吹落琼花满世间⑧。

 **讲一讲**

　　吴澄(1249～1337),字幼清,抚州崇江(今江西省崇仁县)人。宋末试进士不第,退居讲学山中,著《孝经章句》,校定五经。人称草庐先生。元成宗大德初年,召为国子监丞,官至翰林学士,进阶大中大夫。著有《吴文正公集》、《草庐精语》等。

　　① 腊:农历十二月。鸿钧:比喻自然的运行变化。岁已残:一年已尽。这句是说:天时运转,冬去春来,一年已尽了。

　　② 剪水:比喻雪。

　　③ 剩:更加。吴:指今江苏、浙江一带。楚:指今安徽、湖北一带。

　　④ 秦淮:指秦岭、淮河。秦岭:我国地理上的南北分界线,古代指陕西省境内的终南山,也称南山。淮河:源出河南桐柏山,经江苏省江都县入长江。为了说明"万里山",和吴楚对仗,秦淮应是两地,不是指南京秦淮河一地。

　　⑤ 婆娑(suō):盘旋舞蹈的样子。

　　⑥ 偃蹇(jiǎn):屈曲盘旋的样子。

　　⑦ 横笛:竹笛,今称七孔笛。

　　⑧ 琼:美玉。琼花是比喻雪花洁白如玉。

 **译过来**

　　　　腊月将过岁尽年残,
　　　　春风把水剪成飞花离了天坛。
　　　　纷纷地增添吴楚地域千重水,

铺天盖地要压倒秦岭淮河万里山。
北风吹动竹枝像起舞的银凤，
高耸的松干像弯曲的玉龙发出寒光。
不知谁在天上吹起玉笛新声，
把美玉般的花瓣撒满人间。

这首七律诗写雪景，构思新奇，用笔细腻。诗的首联，写雪的季节和起因。雨水遇冷空气凝结成雪。唐代陆畅《惊雪》诗句："剪水作花飞。"谁剪水？东风剪水。这是咏春雪。诗的颔联，形容大雪纷飞的情状，气势雄伟。添千江水，压万里山，意境开阔，比起唐代柳宗元《江雪》诗句"千山鸟飞绝，万径人踪灭"更富有积极意义，但比起元代黄庚（gēng）《雪》诗句"江山不夜月千里，天地无私玉万家"又稍逊色。颈联笔调一转，生动地描绘雪后的景色。比喻雪景的皎洁，古诗词中有不少佳句：南朝梁代吴均《咏雪》句："萦空如雾转，凝阶似花积。不见杨柳春，徒见桂枝白。"北周庾（yú）信《郊行值雪》句："雪花开六出，冰珠映九光。还如驱玉马，暂似猎银獐。"唐代聂夷中《雪》句："远山银鹤聚，老树玉龙斜。"可见这首诗的"银凤舞"、"玉龙寒"是有根据的。诗的尾联，用仙人吹笛、琼花满世间作结，富有情调和神韵，是一种浪漫主义的笔法。

岳鄂王墓^①

赵孟頫

鄂王坟上草离离^②，秋日荒凉石兽危^③。

南渡君臣轻社稷^④，中原父老望旌旗^⑤。

英雄已死嗟何及^⑥，天下中分遂不支^⑦。

莫向西湖歌此曲^⑧，水光山色不胜悲^⑨。

 讲一讲

赵孟頫(fǔ)(1254～1322)，字子昂，号松雪道人，湖州吴兴(今浙江省吴兴县)人。他是宋朝的宗室。入元后，三十三岁时应召赴大都，官至翰林学士承旨。他博学多才，尤善书画，为后世称赞。著有《松雪斋文集》。

① 岳鄂(è)王墓：岳飞的墓。岳飞(1103～1142)，字鹏举，汤阴(今河南省汤阴县)人，南宋抗金名将。高宗、秦桧一心求和，岳飞被召回临安，解除兵权。宋绍兴十一年十二月二十九日(1142年1月27日)，岳飞被奸臣秦桧等以"莫须有"罪名杀害。孝宗为其雪冤，葬于西湖栖霞岭。孝宗淳熙五年(1178年)追谥武穆。宁宗嘉定四年(1211年)追封鄂王。理宗宝庆二年(1226年)改谥忠武。

② 离离：茂盛的样子。

③ 石兽：指坟前的石兽。危：兀立，端正。

④ 南渡君臣：指南宋高宗赵构和投降派官僚。社稷（jì）：指国家。这句是说：宋王室南渡后，宋高宗、秦桧等对金求和不想恢复中原失地，不以国家为重。

⑤ 中原父老：指当时被金占领区域的人民。望旌（jīng）旗：指盼望以"岳"字为旗号的大军收复失地。岳飞的军队于南宋绍兴十年（1140 年）到达朱仙镇（今河南省开封市西南），河南河北人民纷纷响应，都打着"岳"字旗。

⑥ 嗟（jiē）何及：叹息已来不及了。

⑦ 天下中分：指中国被分裂为宋金南北两部分。遂不支：终于支持不住。这里写南宋偏安江南，终被元朝灭亡。

⑧ 曲：泛指歌唱西湖的曲子。

⑨ 不胜（shēng）：经不起。

岳飞的墓上只见一丛衰草，

点染着秋天的荒凉和石兽的高危。

宋王室只求偏安，不重视国家的统一，

中原的父老盼望岳家军北上的大旗。

英雄已屈死，叹息也来不及，

此后国土分南北，形势无法挽回。

不要再向西湖唱这支悲歌，

水光山色依旧好，国已不国更可悲。

赵孟頫是宋朝宗室后代,宋末元初著名才子,善书画,工诗文,才艺冠绝当时。但他在元朝做官,当时人议论纷纷。为此,他一直追悔自责,写下了大量抒发故国情怀的作品。《岳鄂王墓》是他的代表作之一。这是一首抒情的七律诗。作者今日缅怀岳王的伟绩和遭遇,感到"堪恨更堪悲"。岳飞被害,死于临安(今杭州)大理寺狱的风波亭,故称"风波狱"。首联写岳王坟前的情景,残阳衰草,石兽泪碑,一片萧瑟,满目凄凉,为全诗奠定了悲愤的基调。颔联倾吐一腔激愤:偏安就是居危,南渡何心报仇,望断中原尽是恨。颈联再倾诉满腔幽怨,奸相卖国,忠臣受害,千古英雄恨莫追;国土分裂,大势已去,更有百世难解之恨。尾联痛语深沉,愤激情绪已被无限哀愁乃至绝望所代替。岳王慷慨激昂、复国雪耻的《满江红》,成了千古遗恨。"三秋桂子,十里荷花",虽是无情物,却牵动长江万里愁。至于士大夫却不知亡国恨,犹唱《后庭花》,更忘了中原。莫向西湖再唱这支悲歌,水光山色依然好,而今国已不国,更可悲。诗的末句,诗人怀念故国的意蕴极重,反映了南宋入元文人的爱国情操。这首诗起笔托兴,承转抒怀,结尾寄情,句句深埋"恨"和"悲"。

扇上竹①

杨 载

种竹何须种万竿，一枝分影亦檀栾②。
秋霄更受风披拂③，听取清声入梦来④。

　　杨载（1271～1323），字仲弘，祖籍浦城（今福建省浦城县），父迁居杭州（今浙江省杭州市）。以布衣被召为翰林院编修官，预修《武宗实录》。元仁宗延祐二年（1315 年）登进士第，授饶州路同浮梁州事，官至宁国路总管府推官。他与虞集、范梈、揭傒（xī）斯合称"元四家"。著有《仲弘集》。

　　① 扇上竹：画在扇面上的竹。

　　② 檀栾（tán luán）：形容竹的秀美，多用作竹的代称。唐代白居易《题卢秘书夏日新栽竹二十韵》诗："几声清淅沥，一族绿檀栾。"

　　③ 披拂：拂动、吹拂。

　　④ 清声：指竹声。

种竹何必要种万竿，

一枝竹影也够秀美挺壮。

秋夜，它又被风吹拂着，

听听竹声不觉已入梦乡。

　　这首题画诗，是咏画中之竹。写竹影之秀美，竹声之清幽，

金元明清诗词

扇上竹的画境到人的心境。它和借竹言志的咏竹诗所追求的艺术效果不同,它必须以画面提供的艺术形象为根据。诗的一、二句,寥(liáo)寥几笔画竹,倩影秀美,已足够令人赏心悦目,何必要种竹万竿。这里还道出画竹的艺术,竹竿不能画多,两三枝足够风味,而且要有浓淡远近之分。诗的三、四句,写画境,写神境,也就是写诗人的心境。风竹画得已够入神了,而且又被放到秋夜乘凉的特定环境中,画竹被风吹拂着,于无声的画中听到竹声,寒意逼人,催人入梦。情景相生,把诗人悠然神往的心境,也写入画境去了。

夏五月武昌舟中触目①

揭傒斯

两髯背立鸣双橹②，短蓑开合沧江雨③。
青山如龙入云去，白发何人并沙语④。
船头唱歌船尾和，篷上雨鸣篷下坐。
推篷不省是何乡⑤，但见双飞白鸥过。

揭傒斯(1274～1344),字曼硕,龙兴富州(今江西省丰城县)人。自幼从父学。官至翰林侍讲学士、艺文监丞。曾参与编宋、辽、金三史。与虞集、柳贯、黄溍为元儒林四杰。著有《揭文安公全集》。

① 触目:目光所及。这首诗写在夏日急雨中泛舟长江。

② 髯(rán):两腮的胡子。两髯,指两个长满大胡子的人。

③ 开合:蓑衣在细雨中一开一合,一张一收。沧江:泛指江水。江水呈苍青色,故称。

④ "沙语"句:此句指沙滩上并立的两只白鸥。

⑤ 不省:不知觉。

两位大胡子艄公站在船上摇起双桨,

他俩的蓑衣一张一收迎接江上雨浪风波。

青山像苍色的巨龙直奔云霄,

沙滩上并立交谈的不是白鸥又是哪个?

船头唱起歌来船尾和,

篷外的雨声和篷内的歌声更凑热闹。

推开篷门一看不知到了什么地方?

只见一双双白鸥振翅飞过。

帮你读

　　这首诗写在夏雨中泛舟长江，锐意脱俗，颇有新意。它描写了连续不断的橹声、蓑衣开合的优美动作、青山的飞舞、白鸥的交谈、热情的唱和，真是篷上雨鸣止不住，"轻舟已过万重山"。轻舟疾行，两岸景物目不暇接，雨色、水光、山岚、风雨声、唱和声，天籁人声，谐合成章，组成一曲令人神往的交响乐。诗的结句，祖国的山川景物，尽收眼底，无处不美。水天相接，白浪和沙鸥齐飞，更给人以明朗开阔、奔放豁达的感受。这首诗形象逼真，意境如画，清丽婉转，别具风韵。

金元明清诗词

白 梅①

王 冕

冰雪林中著此身②，不同桃李混芳尘③。
忽然一夜清香发④，散作乾坤万里春⑤。

王冕（约1287～1359），字元章，号煮石山农、梅花屋主，诸暨（今浙江省诸暨县）人。幼年家贫，替人放牛，常入校舍旁听课，刻苦自学，终于成为元末的诗人、画家。他考过进士，未被录取，一生没做过官。他的诗、画、书法绝尘离俗、刚健清新。著有《竹斋诗集》。

① 王冕极爱梅，曾作《梅花诗》一卷，这首《白梅》，便是其中之一。

② 著（zhuó）：同"着"，有妆扮的意思。

③ 芳尘：指一般的花。

④ 发，指花开。这里化用唐人岑参诗句："忽如一夜春风来，千树万树梨花开。"

⑤ 这句是说梅花的清香，散发在天地间。

让冰雪妆扮自己在树林间，
不愿同桃李一般混在花尘。
忽然一夜花开散发着清香，
散发天地间，化做万里春。

这是一首咏物诗。作者在咏梅，也在抒怀，以梅自喻。白梅

的特性,正恰切地体现了诗人的情操、理想和人生态度。写梅不惧寒威,蓄志洁身,愿在冷寂的深夜散发清香,为苦寒世间带来春意。从白梅所处的孤寒环境落笔,赞美梅花固性坚贞,不肯同"凡桃俗李争芬芳"(《题墨梅图》)。诗人运用象征的手法渲染梅花白色的高尚和香气的清幽,不在自芳而在芳人。在赞美梅花的芬芳中,寄托"兼济天下"的大志。他在《墨梅》诗中也有这样的寄托:"吾家洗研池头树,个个花开淡墨痕。不要人夸颜色好,只留清气满乾坤。"两首诗的末句意在默默地为社会做出奉献。既写出了梅的浩然之气,又充分表达了作者济世的襟怀。全诗境界清远,文意优雅,令人回味。

海乡竹枝歌（四首选一）①

杨维桢

潮来潮退白洋沙②，白洋女儿把锄耙③。

苦海熬干是何日④？免得侬来爬雪沙⑤。

杨维桢（1296～1370），字兼夫，号铁崖、铁笛道人、东维子，会稽（jī）（今浙江省绍兴市）人。元泰定四年（1327 年）进士。官至江西等处儒学提举。明太祖曾召他，他辞归。他的诗被称为"铁崖体"。著有《东维子文集》、《铁崖先生古乐府》等。

① 海乡：杨维桢做过钱清场（今浙江省萧山县）盐场司令。他在钱清场时作《海乡竹枝歌》四首，这里选其中第一首。竹枝歌：又名《竹枝曲》。唐代巴渝（今四川东部）一带民歌，唐贞元中，刘禹锡在沅湘，以俚歌鄙陋，乃依楚辞《九歌》，作《竹枝新辞》九章，教乡里儿歌之，形式为七言四句，尤其盛于唐贞元、元和之间。晚唐五代期间，发展为词，成为词牌名。

② 白洋：当地的小地名。沙：指海滩盐场。

③ 白洋女儿：当地女盐工，年年工作在烈风暴日之下，脚浸于盐泥卤（lǔ）水之中，面如墨黑，双脚充血。

④ 苦海：此句一语双关，一是引海水熬盐，何日才能熬到尽

头。二是女儿生涯，正如海水味苦，这是喻中之喻。

⑤ 侬（nóng）：吴语的第一人称。雪沙：指盐沙。

> 潮来潮退哟白洋海滩，
> 白洋女儿忙把盐泥耙。
> 苦海无边哟什么时候才熬干，
> 免得我一辈子爬雪沙。

这是一首写女盐工的抒情短诗。过去制海盐，工序有四十七道之多，把带盐分的泥沙聚起，再灌海水，把盐分过滤成盐卤，最后用火在大灶中熬制出盐。过去依靠体力劳动，特别是女盐工，手持锄耙，把盐泥聚成堆，每天头顶烈日，脚浸卤水，身受烈风。所以"颜面似墨双脚赪（chēng）"（见组诗第四首），面如墨黑，双脚充血。诗的一、二句，不仅说明盐工忙碌的情形，像潮来潮去永无休止的日子，也比喻盐工心潮没有安宁的日子，更表现诗中女主人公的生涯苦难深重。诗的三、四句，是白洋女儿发自肺腑、渴望解救的心声。但在封建统治下，她们是无法解脱苦难的。白洋女儿自知苦海熬干之无日，仍然执著地盼望苦海熬到头，免得年年月月挣扎在盐泥里。这首民歌表现的女盐工的内心世界是比较深刻的。这首诗采用口头语、双关语，表现悲愤的情调，是对《竹枝词》传统的继承和发展。

满江红①

金陵怀古②

萨都剌

六代繁华③，春去也，更无消息。空怅望④，山川形胜，已非畴昔⑤。王谢堂前双燕子⑥，乌衣巷口曾相识⑦。听夜深，寂寞打空城⑧，春潮急。　　思往事，愁如织；怀故国⑨，空陈迹。但荒烟衰草⑩，乱鸦斜日。玉树歌残秋露冷⑪，胭脂井坏寒蛩泣⑫。到如今，只有蒋山青⑬，秦淮碧⑭。

萨都剌（约 1305～1355），字天锡，号直斋，雁门（今山西省代县）人。他的祖先是西域回族（一说蒙古族人），元泰定四年（1327 年）进士，做过御史等官。他的诗词清新绮（qǐ）丽，别开生面，雄踞元代诗坛，被誉为"一代词人之冠"。著有《雁门集》、《天锡词》。

① 满江红：词牌名。

② 金陵：今江苏省南京市。

③ 六代：指吴、东晋、宋、齐、梁、陈六个朝代。六代繁华，指六朝建筑富丽堂皇和生活的铺张奢侈。

④ 怅（chàng）望：心事重重地瞭望。

⑤ 形胜：指地理形势特别好，古称金陵是龙盘虎踞的地方。畴（chóu）昔：从前。

⑥ 王谢：指东晋时王导、谢安两人的权贵家族。

⑦ 乌衣巷：金陵城内的一条街，在今南京市东南、秦淮河北。三国时，吴军在此设营，军士都穿黑衣，又名黑衣巷。东晋以来，王、谢等豪门世族多居住在这里。唐代刘禹锡《乌衣巷》诗："朱雀桥边野草花，乌衣巷口夕阳斜。旧时王谢堂前燕，飞入寻常百姓家。"朱雀桥在乌衣巷附近。王、谢第宅的废墟上早已建起老百姓的住宅，燕子做巢的原处，主人的身份也不同了。曾相识：过去相互认识。

⑧ 空城：毫无生气的城池。唐代刘禹锡《石头城》诗："山围故国周遭在，潮打空城寂寞回。淮水东边旧时月，夜深还过女墙来。"到刘禹锡写此诗时，金陵作为国都被废弃已有二百年，早已成了空城。月照空城，已是寂寞。夜深听潮水拍打孤城，更加寂寞。

⑨ "怀故国"二句：指六朝在很短的时间里都被灭亡了，怀念这段历史，只有看看旧时的遗迹。

⑩ 但：仅仅，只有。

⑪ 玉树歌残：南朝陈后主（陈叔宝）耽于声色，荒淫无度，终至亡国。他曾与幸臣共制《玉树后庭花》诸曲，后人把这曲子看做亡国之音。唐代杜牧《泊秦淮》有"商女不知亡国恨，隔江犹唱后庭花"句；许浑《金陵怀古》也说："《玉树》歌残王气终。"这句是说这曲亡国之音，像秋露一样寒冷。

⑫ 胭脂井：在南京鸡鸣山南的台城里。隋兵攻打金陵，陈后主同妃子张丽华、孔贵嫔（pín）避入井中被俘。蛩（qióng）：蟋

蟀。这句是说如今这胭脂井已坏,蟋蟀在这里凄凉地叫着。

⑬ 蒋山:钟山,又叫钟阜(fù),人称紫金山,在南京城东北面。

⑭ 秦淮:秦淮河,源出今江苏省溧水县东北,流经南京地域入长江。相传为秦始皇南巡会稽时所凿,以疏淮水,故名。

金陵——

当年六朝时代的富丽、繁华、歌舞声色…

像落花流水一样,

去得无声无息。

很失望,都没有瞧见,

那龙盘虎踞的江山,

完全不能同以前比——

旧时王、谢堂前的燕子,

乌衣巷口飞来飞往似曾相识。

寂寞呵!

深夜里听到春潮拍打孤城声,

多么急。

想起往事,

愁绪像蜘蛛织的网。

怀想六朝兴亡的历史,

空自留下这点遗迹。

只有荒野里的枯草和风烟,

几只乌鸦，一抹夕阳，满目凄凉。
那亡国之音——《玉树后庭花》，
像秋露一样寒透人的心里。
那避难的胭脂井已经塌了，
只有蟋蟀躲在里面抽泣。
如今呵！什么都消逝了，变换了。
只有紫金山万木青青，
秦淮河的水依旧碧绿。

　　这是一篇情景交融、体物得神的作品。作者通过山水风物依旧，六朝豪华消歇的对比，抒发对历史人事变化无常的叹惜。但在悲伤、感叹之中却表达了诗人磊落豪迈的襟怀、忧国忧民的诚挚、热爱祖国锦绣河山的深情。词的上片写暮春，下片写残秋。整篇采用消逝、惆怅、寂寞、忧愁、荒凉、秋露冷、寒蛩泣等辞意，烘托凄凉的景色，反衬六朝的豪华。但在凄凉景色中仍有青山绿水的慰藉。这首词用典贴切，既熔铸了唐人刘禹锡、杜牧、许浑诗的意境，又点染新意，不是刻意摹仿，而是糅合化用。词的起句和收尾都很有特色。起句笼罩全篇，很有气势。结句以景结情，情在景中，意蕴含蓄，使诗意和诗境更广更深。

金元明清诗词

念奴娇①

登石头城②

萨都剌

石头城上,望天低吴楚③,眼空无物④。指点六朝形胜地⑤,惟有青山如壁⑥。蔽日旌旗⑦,连云樯舰⑧,白骨纷如雪⑨。一江南北,消磨多少豪杰!⑩　　寂寞避暑离宫东风辇路⑪,芳草年年发⑫。落日无人松径冷⑬,鬼火高低明灭⑭。歌舞尊前⑮,繁华镜里⑯,暗换青青发⑰。伤心千古,秦淮一片明月⑱。

讲一讲

① 念奴娇:词牌名。又名《百字令》、《杏花天》、《无俗念》、《壶中天慢》。作者在南京写的这篇怀古词,采用宋人苏轼《念奴娇·赤壁怀古》词的原韵,也是继宋人王安石《桂枝香》之后写得最好的金陵怀古词。

② 石头城:在南京清凉山西麓(lù),石崖耸立,依山筑城。

③ 吴楚:泛指长江中下游地区。

④ 这三句是说:站在石头城头上眺望南方的天空,只觉得低沉沉的,辽阔空旷,一无所有。

⑤ 指点：指着评论。六朝：三国的吴国、东晋、南朝的宋、齐、梁、陈，都以建康（今南京市）为国都，史称六朝。形胜地：形势重要的地方，指南京。

⑥ 如壁：青山陡峭，耸立像壁垒拱卫。

⑦ 蔽日旌（jīng）旗：军旗满天，将太阳也遮住了。

⑧ 连云樯舻（xián）：江上的战船，像彩云似地连成一片。

⑨ 白骨：指战死的人的枯骨。以上三句是说：古代统治者争夺天下的大规模战争，士卒牺牲十分惨重。

⑩ 消磨：消耗精力和生命。

⑪ 离宫：皇帝出巡时的住所，指南宋在南京设置的行宫。辇（niǎn）路：皇帝车驾行走的道路。

⑫ 发：生长。这两句是说：过去皇帝经行的地方，年年春天都长满了野草。

⑬ 松径冷：指墓地松林间的小路很幽暗。

⑭ 鬼火：墓地上的磷火。明灭：时明时暗。

⑮ 尊：同"樽"，酒杯。

⑯ 这句是说：繁华镜里照的景象也是虚假的。

⑰ 这句是说：不知不觉地头发变白了。

⑱ 这两句是说：古往今来的盛衰成败，只有秦淮河上的明月见得最多，也在伤心呵！

站在南京清凉山的石头城上，

眺望吴国、楚国的天空——

云,低低地;雾,茫茫地。

什么景物都看不见。

当年六朝时代的都城,而今只有——

山,矗立着。

想当年争战时,

飘扬的军旗,遮住了太阳,

江上的战船,像彩云一样相连。

牺牲的人,白骨如雪,堆成山。

可悲!可叹!一江横穿南北,

冲刷着多少英雄的智慧、豪情和悲欢。

寂寞呵!过去皇帝避暑的山庄,

凄凉呵!皇帝东行的路上,

年年只有青草在蔓延。

太阳落后,松径无人,更是幽暗。

黑夜,荒野的磷火,一闪一灭。

歌舞宴前的欢乐和繁华,

虚幻得像镜子照的景象一样,

而头上的黑发已悄悄地变换。

令人伤心呵!历代的盛衰兴亡,

只有秦淮河上的明月,

最了解人世沧桑。

帮你读

这是一首登临怀古的名篇。作者对繁华消逝、人世沧桑的无情现实,喟叹不已。全词把登临、怀古、写景、抒情、议论融合成一体。特别是在勾勒六朝兴亡的背景,更着力对世态无常的描写。上片写形势,展示石头城的今昔面貌,指出统治者多次争夺政权的战争的残酷性。下片写人事,续写石头城的今昔变迁,极力渲染荒凉的景象,衬托繁华消逝的悲情。"一江南北,消磨多少豪杰","伤心千古,秦淮一片明月"是语意凄恻(cè)、情景交融、理趣至切的名句。全词表达了作者吊古伤今之意,在豪放中吐露悲凉之情。自然山水永存,千古人事无常,是这首怀古词的主题。

涌金门见柳①

贡性之

涌金门外柳垂金②，三日不来成绿阴。

折取一枝入城去③，教人知道已春深。

金元明清诗词

讲一讲

贡性之（生卒年不详），字友初，号南湖先生，1360 年前后在世，宣城（今安徽省宣城县）南湖人。元时官至闽省理官。居山阴（今浙江省绍兴市），改名悦，躬耕自给终身。著有《南湖集》。

① 涌金门：今杭州市西湖"柳浪闻莺"景观附近。

② 柳垂金：垂柳枝条刚刚抽芽发黄。

③ 城：指杭州城内。

译过来

涌金门外柳枝刚抽条描金，
三日不见柳条竟已碧绿成荫。
折一枝碧绿的柳条带回城去，
让人知道郊外春已是一片深。

帮你读

这是咏春的诗篇。诗人通过描绘柳枝迷人的姿态，形象生动地写出了春天的活力和诗人的喜悦心情。初春的柳树垂丝，枝头梢尾挂着淡色的嫩芽，可以形容它为"青眼"、"翠眉"、"鹅黄"、"鸭绿"、"黄金缕"、"碧玉芽"等等，但要写涌金门外的柳枝，用"柳垂金"三个字却恰到好处。三日不见，柳枝青青泛绿，莹莹如碧，令人感到春深了，然而城里人还不知道春已到来。诗看似寻常，着墨不多，却隐有寄托，耐人寻味。

明　代

京师得家书①

袁　凯

江水三千里②，家书十五行。
行行无别语③，只道早还乡。

讲一讲

袁凯（约1316～?），字景文，号海叟（sǒu），华亭（今上海市松江县）人。明太祖洪武三年（1370年）任监察御史。他因事触怒明太祖，伪装疯癫（diān），因病免职回家，著有《海叟集》。

① 京师：国都。指南京。家书：家中寄来的书信。

② 江水：指长江。

③ 别语：分别后怀念的语言。

译过来

江头江尾三千里，
寄来家书十五行。

行行没写离别思念的话，
只说要我早点还故乡。

金元明清诗词

清代文学评论家沈德潜评这首诗用"天籁（lài）"二字。天籁，即一语天然，发自心声。"文章本天成，妙手偶得之。"古代诗论家称道好诗有一条理论原则，即"诗贵自然"。这首五言绝句写得自然平淡，不做作，不涂饰，不堆砌。但也不是空腔熟调，无病呻吟。诗人借家书邮递遥远，描写十五行的情节，表达家人"望归"心切。诗中没有安排很多景状去写"天际识归舟"或"倚（yǐ）门翘望"，而是用接到一封家书的平常事，道出游子思归的深情。这首诗一口直述，不是淡而无味，而是深情真趣。

岳阳楼①

杨 基

春色醉巴陵②，阑干落洞庭③。

水吞三楚白④，山接九疑青⑤。

空阔鱼龙气⑥，婵娟帝子灵⑦。

何人夜吹笛，风急雨冥冥⑧。

　　杨基(1326～1378)，字孟载，号眉庵，祖父从四川迁家至吴县(今江苏省苏州市)。他自幼聪敏，九岁背诵五经。元末为张士诚幕僚。明初，曾奉使湖广，后任山西按察使。后因事削职，罚做劳役，死于工所。他少负诗名，与高启、张羽、徐贲(bēn)并称为"吴中四杰"。著有《眉庵集》。

　　① 岳阳楼：今湖南省岳阳市西门城楼。相传原是三国东吴训练水军的阅兵台，唐朝始建楼，宋代范仲淹为之作记。现存为清同治年间重建。

　　② 巴陵：今岳阳市。晋在此置巴陵县，南宋时为巴陵郡的治所。这句是说：巴陵的春景令人陶醉。

　　③ 阑(lán)干：纵横。指交织的五光十色。

　　④ 三楚：战国时楚国地域，分东、西、南三楚。

⑤　九疑：山名。在今湖南省宁远县南。九峰连绵相似，游者望而生疑，故名。相传舜帝南巡，葬于苍梧之野，即此。

⑥　鱼龙：传说中一种善变的鳞虫，漱（shù）水作雾，出水耀日，飞天兴云。这句是说：空阔渺茫的洞庭湖，呼吸万里，气象万千。

⑦　婵娟：姿态美好的样子。帝子：对湘夫人的尊称。帝尧的二女即舜的二妃娥皇、女英。舜南巡征有苗，死后葬于九疑山；二妃从舜征，道死于沅（ruǎn）湘之中，葬于洞庭之山，称为湘夫人。

⑧　"何人"两句：据《博异志》载，商人吕卿筠，月夜坐船，驶过洞庭湖，一边喝酒，一边吹笛。忽然有个老翁摇船过来，从袖里拿出三支笛，吹了一声，湖上即时起风，波涛翻滚，鱼鳖喷跳，月色昏暗，君山上鸟兽也奔腾呼叫起来，船上客人大为惊恐。于是老翁作罢，喝了几杯酒，摇船驶向波间去了。

 译过来

美丽的春色醉了岳阳城，
纵横的山水散落在洞庭湖间。
水，吞纳三楚河泊多么净，
山，连接九疑山峰多么青。
鱼龙呼吸万里，气象万千，
帝子鼓瑟（sè）湖上，美妙动听。
夜深时，不知谁吹起玉笛，
月色突然昏暗，风雨突然降临。

56

这首五律写得清俊流逸。清代沈德潜《明诗别裁集》赞道："应推五言射雕手，起结尤入神境。"射雕手，比喻才艺出众的能手。古代题咏岳阳楼的诗作很多，起结入神境的，当推这首诗。神境，就是意境，比目睹的画面更优美，更神奇，更富有感情色彩。诗中写醉色、阑干、冥冥（míng）、吞接、气灵等景状，是求其神似的描写。李白《陪侍郎叔洞庭醉后》："巴陵无限酒，醉杀洞庭秋。"首联即从李白诗夺胎而来，描写洞庭湖无边春色，纵横山水，大小七十二座峰，星罗棋布在湖面，读起来不仅意气豪迈，而且使人联想到"山衔好月来"（李白《与夏十二登岳阳楼》）的神境。

一首好诗，必是情景相关，景中生情，情中含景。作者一生漂泊他乡，牵恨结愁，触景生情，写下这首好诗。颔联以写景为主，水白山青含有作者淡泊、高雅的情怀，凭借鱼龙气象万千，湘灵琴瑟遥怨的感叹，景藏情中。还有一点，写景不是随便写景，抒情不是抽象抒情。水吞三楚的景，含有空阔慷慨的情。婵娟瑟诉的情，却在山接九疑的景中。结尾更把自己的心情写出来了。断肠悲怨，何处倾诉？借用典故，笛吹得出神，天地为之变色，表达出自己遭遇不幸的心情。结尾以景抒情，很含蓄，余意不尽。

凉州曲①

高 启

关外垂杨早换秋②，行人落日旆悠悠③。
陇山高处愁西望④，只有黄河入汉流⑤。

高启（1336～1374），字季迪，号青丘子，长洲（今江苏省苏州市）人。明太祖洪武二年（1369年）应召修《元史》，授翰林院国史编修。后升户部右侍郎，不受。归里隐居青丘（今江苏省吴县东）。因给知府魏观作《上梁文》，被朱元璋腰斩于南京市。他作诗各体俱工，清新俊逸，博采古人精华，被推为明代诗人第一。著有《高太史大全集》。

① 凉州曲：古乐曲名。凉州在汉代时辖境相当于今甘肃、宁夏、青海湟水流域、内蒙古一部分。治所在今甘肃清水县，后移武威县。这首古体乐府是针对明初西北边陲的战争而作。洪武二年（1369年）徐达率领大军追击元军，逐出萧关（今宁夏固原县）以西，但河套以西地区仍在元军统治之下。高启一生未到过边塞，此时已被征入京修《元史》，在京闻捷而作。

② 关：指萧关。出了萧关就是塞外。

③ 旆（pèi）：旗帜。悠悠：在空中摆动。

④ 陇山：今陕西陇县至甘肃平凉市六盘山南段，古称陇坂(bǎn)陇头，山势陡峻，是古代的险要边塞。愁西望：指西部地区，一片沙漠，又是征战的沙场。

⑤ 汉：指汉族地区。

译过来

关外的杨柳早已疏黄，
落日照得征旗人影长。
登上陇山西望尽是愁，
只有黄河滔滔奔汉方。

帮你读

边塞诗多是描写"边愁"、"边怨"。这首边塞诗，虽然写得高远不俗，浑然无迹，但也少不了一个"愁"字，全诗令人产生悲壮苍凉之感。诗的首句，化用了唐代王之涣《凉州词》句："春风不度玉门关"。在关外只见秋，不见春。第二句，写出征将士部队肃整和雄壮。第三句，写征人登高远望。不是"遥领短兵登陇首，独横长剑向河源"（唐代李频《送边将》），也不是"遥望秦川水，千里长如带"（北周王褒《关山篇》），而是"愁西望"。末句，只见一道黄河"入汉流"，把征人的"愁"翻出了新意。过去愁是"古来征战几人回"（唐代王翰《凉州词》），今日愁是"难更出阳关"（唐代许棠《塞下二首》）。人未去，关外大好河山还未完全收复，只有黄河来归明朝。这首乐府意境雄浑，格调高昂，余韵悠长，十分耐人寻味。

桂 殿 秋①

杨士奇

竹君子②,松大夫③,梅花何独无称呼。

回头试问松如竹,也有调羹手段无④?

 讲一讲

杨士奇(1365~1444),名寓,字行,泰和(今江西省泰和县)人。早孤力学,授徒自给,明惠帝建文初(1399年),凭荐入翰林充编纂(zuǎn)官,修《太祖实录》,寻试吏部第一。永乐时入直文渊阁。为四朝元老,居官清廉,私居不言公事。三杨(士奇、荣、溥(pǔ))并称,士奇最负才名。三杨诗文,称"台阁体"。多讴歌太平,叙事平稳,无浮泛之病。著有《东里全集》等。

① 桂殿秋:词牌名。唐代李德裕送神迎神曲,有"桂殿夜凉吹玉笙(shēng)"句,故名。

② 竹君子:唐代白居易《养竹记》,颂竹本固、性直、心空、节贞,比喻君子树德、立身、体道、立志的根本。宋代欧阳修诗句"竹色君子德"。

③ 松大夫:据载,秦始皇封禅泰山,在五松树下避暴风雨,因松树护驾有功,赐封为大夫。

④ 调羹（gēng）：《尚书·说命》："若作和羹，尔惟盐梅。"盐、梅都是调味品。商王武丁要立傅说（yuè）为宰相，傅说最初是傅岩（今山西省平陆县）从事版筑劳动的奴隶。武丁说，我要治理国家，需要帮手就像烧菜需要放盐、梅作佐料一样，调调鼎（dǐng）中的味道。后来，调羹、调鼎都指宰相的职务。梅有了调羹的作用，有实而不争名，梅品就高于松、竹一筹了。

竹，称"君子"；松，称"大夫"，
唯独梅花为什么没有儒雅的称呼？
回头倒要问问松大夫和竹君子，
你们有没有在鼎中调味的作用？

这首词属于梅花咏叹词，主要通过对比手法来赞美梅花。松、竹、梅历来被称为"岁寒三友"，都是集体被赞颂。宋代诗人曾把梅与山矾、雪有过比较，梅花并未尽占上风。事隔多年杨士奇重起风波，把"三友"放在一起比较，构思新奇。杨士奇、杨荣、杨溥皆能做文章，共理朝政，时号"三杨"。宣德年中，有从官拿出松、竹、梅请"三杨"题诗，杨荣题松，杨溥题竹，落款皆书"赐进士及第"、"赐进士出身"。独杨士奇起自草野，名属召辟，出身寒微，挂不出金字招牌来，乃作题梅词。这首词突出了梅的淡泊风格、布衣精神，虽无头衔却有重要作用，巧妙地批评了倚势作威、盛气凌人、自鸣得意的庸俗作风。此词一出，"三杨"便分出了优劣。（见《历代词话》卷十引《晚香堂词话》）。

石灰吟①

于 谦

千锤万凿出深山②，烈火焚烧若等闲③。
粉骨碎身浑不怕④，要留清白在人间⑤！

 讲一讲

于谦（1398～1457），字廷益，钱塘（今浙江省杭州市）人。明成祖永乐十九年（1421年）进士。他是明代著名的军事家、政治家、民族英雄，被奸臣陷害而死。万历年间追谥忠肃。著有《于忠肃公集》。

① 吟：歌咏的意思。这是一首咏物诗，当时作者十七岁。
② 千锤万凿：形容开采石灰石的艰苦劳动。
③ 若：好像。等闲：平常。
④ 粉骨碎身：形容生石灰加水就会散成粉末。
⑤ 清白：双关语，表面指石灰的颜色，实际指清白的节操。

 译过来

千锤呀！万凿呀！开采出深山，
烈火烧身，好像很平常。

就是粉身碎骨也全不害怕。

只要留一份清白给人世间。

咏物诗，要比喻得精当、自然、有新意。句中最好不说出题字来，但又要处处不离题。借物喻人，咏物言志。这首咏物诗，表面上写石灰，实际上是写人、写自己，表达了作者不怕艰险、勇于牺牲的大无畏精神和为人清白、正直的崇高志向。全篇以比兴寄托的手法，形象地写出开采石灰石和烧制生石灰的过程，借赞颂石灰，将物性与人格巧妙地融为一体。石灰的坚强品质和不屈精神，恰好是于谦自己那种牺牲自我、奉献人民，保持清白本色的精神写照。咏物诗要写得好，言志是它的根本。要"有第一等襟袍，第一等学识，斯有第一等真诗"（清代沈德潜《说诗晬（zuì）语》）。《石灰吟》这首诗以高尚的思想、豪迈的气势和铿锵有力的语言，激励了无数的后来人。

金元明清诗词

柯敬仲墨竹①

李东阳

莫将画竹论难易，刚道繁难简更难。

君看萧萧只数叶②，满堂风雨不胜寒③。

李东阳（1447～1516），字宾之，号西涯，茶陵（今湖南省茶陵县）人。明英宗天顺八年（1464年）进士，选翰林院庶吉士。官至礼部尚书兼文渊阁大学士。他未曾助纣为虐，尚能保全善类。以朝廷大臣地位主持诗坛，在明代中叶文学史上有承上启下的作用，形成了以他为首的茶陵诗派。著有《怀麓（lù）堂集》。

① 柯敬仲：名九思，号丹丘生，台州（今浙江省临海县）人。元代书画家，善画墨竹，著有《竹谱》。墨竹：指水墨画竹。

② 萧萧：稀疏的样子。

③ 不胜（shēng）：禁不起。

　　　　　　莫要议论画竹难或易，

　　　　　　刚说繁笔难但简笔更难。

　　　　　　请您看看稀疏的几笔竹叶，

　　　　　　会感到满屋风雨不禁寒。

在这首题画诗中，作者称道画家柯敬仲画竹讲求"神形兼备，以形传神"，反映了作者崇尚简约、讲究布局，反对华靡（mí）虚浮的文风。虽是论画，也是论诗。诗、画本是一个道理，贵在有神。几笔竹叶，能使满堂生风，说明画竹画出神了。笔精形似,意得神传,这种画品,称为"逸品"。清代厉志《白华山人诗说》中说:"画竹易,画风雨难;然画似竹易,画不似竹难。"逸品就好在似与不似之间。明人李贽(zhì)《诗画》中说:"画不徒写形,正要形神在;诗不在画外,正在画中态。"所以,善画者,画意不遗其形似;善诗者,道意而不失其题旨。宋代诗人、画家文同以画竹闻名于世,他作画时精神高度集中,达到身心俱逸,物与我两忘的境界。苏轼谈到画家文同常常是"意有所不适而无所遣之,故一发于墨竹"(《跋(bá)文与可墨竹李通叔篆》)。画家同诗人一样,要写气图貌,倾吐无遗,以表现"天工与清新"为高妙。

金元明清诗词

把酒对月歌①

唐 寅

李白前时原有月，惟有李白诗能说。

李白如今已仙去②，月在青天几圆缺？

今人犹歌李白诗，明月还如李白时。

我学李白对明月，白与明月安能知③！

李白能诗复能酒，我今百杯复千首。

我愧虽无李白才，料应月不嫌我丑。

我也不登天子船，我也不上长安眠④。

姑苏城外一茅屋⑤，万树梅花月满天。

唐寅（1470～1523），字伯虎，一字子畏，号六如居士、桃花庵主，吴县（今江苏省苏州市）人。明孝宗弘治十一年（1498 年）举乡试第一，世称唐解（xiè）元。工书画善诗文，蔑视势利，自称"江南第一风流才子"。与沈周、文征明、仇英合称"明四家"。著有《六如居士集》。

① 把酒：举杯。李白（701～762），字太白，唐代著名诗人。他初到长安时，贺知章一见他，惊叹为"谪仙人"。他的七言古诗《把酒问月》句："青天有月来几时，我今停杯一问之""今人不见

古时月,今月曾经照古人"。《月下独酌(zhuó)》句:"举杯邀明月,对影成三人。"李白对月吟咏的诗很多,而且很有特色和境界。

② 仙去:对死去的婉称。

③ 安:怎么。

④ "我也"二句:唐代杜甫《饮中八仙歌》句:"李白斗酒诗百篇,长安市上酒家眠。天上呼来不上船,自称臣是酒中仙。"长安是唐代京城,在今陕西省西安市。

⑤ 姑苏:今江苏省苏州市,诗人故乡。

 译过来

李白以前古时就有了月,
只有李白的诗能把月说出。
李白如今早已仙逝,
月在天上几圆又几缺?
现代人还在吟唱李白的诗,
明月还像李白时那样皎洁。
我学李白举杯也对明月,
李白与月怎能知我如何说。
李白是诗仙也是酒中仙,
我能饮百杯也能歌千阕。
我惭愧没有李白那样的奇才,
我料想明月不会嫌我丑八怪。
我也不登上天子遣来相迎的船,

我也不到长安醉在酒店过夜。
只要姑苏城外有一间草屋，
万树梅花开向满天一轮明月。

帮你读

　　这首七言古体诗，不避口语，性真意切。明代王世贞《艺苑卮(yuàn zhī)言》评唐寅诗"如乞儿唱莲花落"。虽是贬意，但却说明唐寅诗汲取了民间语言的营养。作者将自己与李白相况，也采取"把酒对月"的题材，在诗中表达了他对李白的怀念和钦佩，而且表现出不慕功名、蔑视权贵的思想。事实也是如此，他曾株累下狱，不做贬谪(zhé)的官，也不接受重币聘(pìn)请。他在《贫士吟》中说："贫士囊无使鬼钱，笔降落处绕云烟。"这首对月歌，每四句作一段落，写得错综复杂，形式局部相同，内容并不重复，层次分明，层层深入。这首诗最大的艺术特色是以月、诗、酒、才为媒介，把自己和李白联系到一起，贯穿全篇。月与诗，诗与酒，李白把酒对月，我也把酒对月，我的才不如李白，但我比李白的狂放检点一些。末句以景结情，诗以明志，很有意境。

泰　山①

李梦阳

俯首无齐鲁②，东瞻海似杯③。

斗然一峰上④，不信万山开⑤。

日抱扶桑跃⑥，天横碣石来⑦。

君看秦始后⑧，仍有汉皇台⑨。

　　李梦阳（1473～1530），字天赐，又字献吉，号空同子，庆阳（今甘肃省庆阳县）人。明孝宗弘治六年（1493年）进士，官至户部员外郎。因上疏弹劾权贵宦官，先后两次入狱。后被起用为江西提学副使。他是明朝中叶"前七子"的领袖，倡言"文必秦汉，诗必盛唐"。著有《空同集》。

① 泰山：又称泰岱、岱宗，我国著名的五岳之一，在山东省泰安市境内。

② 俯首：往下望。齐鲁：春秋时期两个国名，在今山东省境内。

③ 瞻（zhān）：往上或往前看。

④ 斗然：突然地。

⑤ 不信：不，助词，无意义。不信，就是信的意思。

⑥ 扶桑：神话传说中的树名，太阳从树下出来。

⑦ 碣石：古山名，在河北省昌黎县西北。秦始皇、汉武帝曾东巡至此以观海。

⑧ 秦始：秦始皇。他在统一全国后，曾到泰山封禅。在泰山顶筑坛祭天，叫封；在山下辟场祭地叫禅（shàn）。现登封坛已全无形迹。

⑨ 汉皇台：即汉明堂，建于汉武帝时，是古代帝王会诸侯的地方。在泰山东北麓，现尚存遗址，为泰山一景。

译过来

往下看，北齐南鲁几乎看不见，
往东看，大海像一个茶杯。
陡然登上顶峰一望，
群山万壑涌向心怀。
太阳从扶桑树下跃出海面，
黎明横跨碣石姗姗而来。
秦始皇曾到这里祭告天地，

金元明清诗词

还有汉武帝时建立的汉皇台。

帮你读

　　这首五律是写泰山气势雄伟的景象。作者着重在"望"字上渲染，想像丰富，描绘逼真。诗也学唐代杜甫《望岳》（"岱宗夫如何，齐鲁青未了"）诗的写法，句句紧扣一个"望"字，不仅写望中之景，而且写景中之情，抒发了诗人的壮阔胸怀。此篇也把泰山的两大特色予以歌咏：一是高峻，二是神奇。写高峻，历代诗人都化用了"孔子登东山而小鲁，登泰山而小天下"句，这里更深一步描写连东海也不过杯大。写神奇，历代诗人都写"观日出"，看到太阳像从海水中跃出。其实，是云霞流动，海水荡漾使然。因为，人的视力看不到海，也看不到日出。他这里却写黎明姗姗而来，比较实际。此篇前六句写自然风景，后两句写人文风景，有封禅（shàn）、明堂史迹，这是泰山驰名之所在。

谒文山祠①

边 贡

丞相英灵迥未消②,绛帷灯火飒寒飙③。

乾坤浩荡身难寄④,道路间关梦且遥⑤。

花外子规燕市月⑥,水边精卫浙江潮⑦。

祠堂亦有西湖树⑧,不遣南枝向北朝⑨。

边贡(1476～1532),字廷实,号华泉,历城(今山东省济南市)人。明孝宗弘治九年(1496年)进士,官至南京户部尚书。因被人嫉恨,被罢归。为"前七子"之一,与李梦阳、何景明、徐祯卿并称"弘治四杰"。著有《华泉集》。

① 谒(yè):拜见。文山祠:文天祥祠。文天祥(1236～1283),南宋民族英雄,字宋瑞,号文山,吉州庐陵(今江西省吉安市)人。南宋末官至右丞相,封信国公。抗元兵败被俘,拘囚大都(今北京市)四年,元世祖至元十九年(1282年)就义于燕京。明太祖洪武九年(1376年)在监禁文天祥的监牢所在地(今北京市东城区府学胡同内)修建祠宇。

② 迥(jiǒng)未消:远远没有消失。

③ 绛帷灯火:神座前挂着绛红色的帐帷,油灯烛火辉煌。

飒：风声。飙（biāo）：狂风。飒寒飙是说寒风正猛烈地吹刮。

④"乾坤"句：指天地之间虽很广阔，却很难于容身。

⑤ 间关：道路崎岖难行。

⑥"花外"句：这是说文天祥在燕京柴市（今北京市宣武区菜市口）就义后，魂魄化为子规（杜鹃鸟），于花朝月夜，发出悲怨的鸣声。

⑦"水边精卫"句：这是说文天祥的英灵像填海的精卫鸟，永不休止；像伍子胥魂怒激起的钱塘江潮，永不泯（mǐn）灭。精卫：神话中鸟名，相传为炎帝少女，名女娃，游东海而溺死，化为精卫鸟，经常衔西山木石去填东海（见《山海经·北山经》）。浙江潮：钱塘江潮。春秋时吴国大夫伍子胥劝吴王夫差拒绝与越国议和并停止伐齐，有人进谗，后被疏远。吴王赐剑命伍子胥自杀，并把他的尸体装入皮袋，投入江中。传说他化为潮神，随江潮激涛扬波（见《吴越春秋》）。

⑧ 西湖树：岳飞坟在杭州西湖北岸栖霞岭下。《西湖志》载：墓上木枝皆南向。

⑨"南枝"句：指文天祥祠中的树，南枝也不让它北向，比喻文天祥宁死不肯降元。

文丞相呵！
您的英名永远流芳。
深红色供帐里的灯火烛光，
被寒风刮着，还是辉煌。

天地虽然宽阔，

却容不下你伟大的胸膛。

人生道路崎岖曲折，

比恶梦还要乱而且长。

城外花丛，

子规鸟永远悲啼心伤。

燕京夜空，

月儿总是暗淡无光。

东海岸边，

精卫鸟决心衔石要把海填满。

钱塘江上，

伍子胥英魂永远发怒而扬波作浪。

丞相祠里，

也有岳王墓的树枝，

伸向南方却不伸向北方。

 帮你读

　　这首七律，是作者拜谒了南宋民族英雄文天祥祠堂后所作。
全诗歌颂文天祥的英灵浩气长存于天地之间，如月夜子规永远
为文丞相悲啼，江海怒潮年年为文丞相怒吼，连文丞相祠堂的树
枝也不向北方伸展。作者歌颂文天祥坚贞不屈的精神，也寄托
了作者对故国的怀念。这首诗用典精当，词句凝练，格调沉郁，
情感深切。清代沈德潜《明诗别裁集》称誉道："吊信国诗，此为
第一。"凡缅怀悼念的诗，尤易入俗，故必意要新；尽言功名富贵，

又太谀佞(yú nìng)，故必事实；要不俗不谀，故必情真。这首诗句句不离一个"情"字。从英灵、灯火、花月、子规、精卫、江潮到祠堂里的树枝，可谓托物寄情，都赋予作者崇敬、缅怀、歌颂的真实感情。景物实在，感情深厚，情景交融，归于一"真"字，因此全诗没有雕琢词藻的痕迹，不愧为一篇佳作。

官仓行①

何景明

长棘周袤三丈垣②，高门铁锁缄两关③。

黄须碧衫下廒吏④，白板朱书十行字⑤。

帐前喧呼朝不休⑥，剪旌分队听唱筹⑦。

富家得粟堆如丘⑧，大车槛槛服两牛⑨。

乡间饿夫立墙下，稍欲近前遭吏骂。

何景明（1483～1521），字仲默，号大复山人，信阳（今河南省信阳市）人。明孝宗弘治十五年（1502年）进士，授中书舍人，官至陕西提学副使。与李梦阳齐名，为"前七子"之一，自谓"不读唐以后书"。著有《大复集》。

① 行：乐府和古诗的一种体裁。如汉乐府有《长歌行》、魏晋有《从军行》等。官仓：朝廷的粮库。明初实行屯田制，以后屯政稍弛，屯田多为内监、军官占夺。

② 棘（jí）：指多刺的灌木。袤（mào）：广大。垣（yuán）：墙。

③ 缄（jiān）：封闭。关：指防守的门。

④ 廒（áo）：同"厫"，本作敖，仓房。

⑤ 白板：自汉以来官皆有印。授官以板书，而无印章，称为

白板。

⑥ 朝：一天。

⑦ 唱筹：高声报数。筹是记数和计算的用具，如算筹。

⑧ 粟（sù）：谷子。古代粮食的通称。

⑨ 槛（kǎn）槛：车行声。服：指驾驭。

长长铁棘围多广，墙又高，高三丈。

铁锁封闭两道门，戒备严，是官仓。

管粮仓的官吏，黄胡须，碧长衫。

门口写着十行字，朱红色，无印章。

篷帐前喧喧嚷嚷，一整天，噪不休。

剪旗下站着一队队人，听报数，几算筹。

富户人家分得谷子小丘高，

还用两头牛拉着大车装运走，

乡里的饥民只能站在墙下，

稍为靠近一点就遭官吏骂。

作者这首古诗歌行短篇，是学杜甫的创作方法。通过在官仓所见，形象具体地描写豪富强夺、搜刮惨毒，残酷剥削农民的现实。这样照直地描写景物，就是赋。敷陈其事的诗，在表现社会生活、民生疾苦方面，往往是感人至深的。诗的前四句，描写官仓，刻画官吏，讽刺有力。五、六句，写候粮唱筹，情景逼真。

后四句,写富豪与饥民的对比,爱憎分明。这首诗前八句都是赋。最末句,直接点明主旨。全篇主旨,可以说就是一个"怒"字。官仓高大,戒备森严,一怒;官吏作威作福,二怒;立听唱筹,三怒;富家得逞,四怒;饿夫遭骂,五怒。这首歌行,也是讽刺诗,对当朝宦官刘瑾擅(shàn)权进行讽刺,表现出作者对当时社会政治混浊的不满。

临江仙①

杨　慎

　　滚滚长江东逝水，浪花淘尽英雄②。是非成败转头空③。青山依旧在，几度夕阳红。　　白发渔樵江渚上④，惯看秋月春风⑤。一壶浊酒喜相逢⑥。古今多少事，都付笑谈中。

　　杨慎（1488～1559），字用修，号升庵，新都（今四川省新都县）人，明武宗正德六年（1511年）中进士第一名，曾任翰林院修撰。嘉靖三年（1524年）因议礼事获罪，谪（zhé）戍（shù）云南永昌（今云南省保山县），投荒三十五年，死于贬所。《明史》有传，称他的著作之富为明代第一。著述达一百余种，后人辑其重要的为《升庵集》。

　　① 临江仙：词牌名。杨慎是一位从事艰苦劳动的作家，著作甚富。他的《二十一史弹词》，是以史实为题材，咏历代兴亡的一部通俗读物。原名为《历代史略十段锦词论》，一"段"略似一"回"。这首词是第三段《说秦汉》的开场词。清初，毛宗岗父子把这首词置于《三国演义》的卷首，在民间传播极广。

　　② "滚滚"二句：化用唐代杜甫《登高》诗"不尽长江滚滚来"、宋代苏轼《念奴娇》词"大江东去，浪淘尽，千古风流人物"词意。

③ 转头空：到头来转眼成空。

④ 渚（zhǔ）：水中间的小块陆地。

⑤ 惯：习以为常。

⑥ 浊酒：古代酒分清浊，喜欢喝酒的人以清酒为圣人，浊酒为贤人。

 **译过来**

　　不尽的长江水滚滚向东流，

　　浪花不断地淘汰豪杰英雄。

　　他们在历史上的是非、成败、功过，

　　到头来，都转眼成空。

　　青山依旧永远存在，

　　人生虽然美好，

　　也只像短暂的夕阳。

　　在江洲上，

　　有两位打柴捕鱼的白发老头，

　　喜欢看秋月春风。

　　打一壶薄酒来庆贺老友相逢。

　　把古今多少兴亡事，

　　都当做谈笑的资料抛向夜空。

 **帮你读**

　　这首词是杨慎晚年之作，评说历代的兴亡，寄寓人生的感慨。词的上片，写历史长河的永恒和人生的短暂。江水滔滔，历

代千古不息，而一代风云人物，却成过眼烟云。人生虽然美好，正如唐代李商隐《登乐游原》中说的"夕阳无限好，只是近黄昏"而已。结合他自己的身世，曾金榜居首，荣耀之至，而今一朝遣戍，投荒终身，感伤自己也在浪淘之中。词的下片，叙述自己的人生态度，借江渚渔樵，秋月春风以明志，把古今人物是非、成败，都付与渔樵唱和、壶酒谈笑之中。这首词写的是史论和人生哲理，并未提任何具体人物和历史事实。但每句的人与事，却又呼之欲出。前人论词说："词要清空，不要质实"（宋代张炎《词源》），这首词可谓清空。其特色是：秀劲中见挺拔，飘洒中寓沉着，在闲情逸致中含有人生哲理。

出　郊^①

杨　慎

高田如楼梯^②，平田如棋局^③。
白鹭忽飞来^④，点破秧针绿^⑤。

 讲一讲

① 出郊：到郊外。

② 高田：沿着山坡开辟的田畦（qí），又叫梯田。

③ 棋局：棋盘。

④ 鹭：鹭鸶，一种长颈尖嘴的水鸟，常在河湖边、水田、沼泽地捕食鱼虾。

⑤ 秧针：水稻始生的秧苗。

 译过来

山坡上一级一级的畦田像楼梯，
平原上整整齐齐的畦田像棋盘。
白鹭忽然飞到水稻田上来，
在一片绿色的秧苗上点上了白点。

金元明清诗词

　　这首五言古诗,勾画了南方山乡春天田野的秀丽景色,诗中有画,静中有动。写高田和平田的壮观,高田系仰视所见,层层如楼梯;平田系俯视所见,纵横如棋盘。田畦井井有条,秧苗长势喜人。后两句写"万绿苗中一点白"的奇观,化用了"万绿丛中一点红"的诗意。古代诗人、画家常以鹭鸶喻乡思情绪,白鹭飞来,打破心田平静,这是诗人浓郁思乡之情的写照。末句是画龙点睛之笔,诗眼在"点破"二字。

塞上曲（四首选一）①

谢　榛

飞将龙沙逐虏还②，夜驰驼马入燕关③。
城头残月谁横笛④，吹落梅花雪满山⑤。

谢榛（1495～1575），字茂秦，号四溟山人，又号脱屣（xǐ）山人，临清（今山东省临清市）人。少年时以诗闻名于乡里，未当过官。为"后七子"之一，后受排挤。著有《四溟山人集》《诗家直说》等。

① 塞上曲：汉乐府《横吹曲》名。汉武帝时，李延年根据西域乐曲改制，声调激昂，内容多歌唱边塞将士的军旅生活。

② 飞将：即"飞将军"。西汉名将李广，善骑射。匈奴非常怕李广，称他是飞将军。这里借指强悍的将领。龙沙：泛指塞外沙漠和边疆地带。逐虏：追赶、驱逐敌人。

③ 这句是说，连夜快马加鞭，到关内报捷。燕关：指榆关。

④ "城头"句：指战罢归来，月光将尽时候，在城头上，"笛奏梅花曲"（李白《从军行》）。

⑤ "吹落"句：此句含有"战罢心犹寒"的意思。

精干敏捷的将领，

从边疆追击敌人凯旋回来。

连夜报捷，加鞭入关。

谁在城头残月下笛奏梅花曲呢？

吹得多么心寒，

简直是梅花像雪一样地落满关山。

这是一首拟古乐府诗。塞上曲，是写边塞上的军旅生活情事。当时明代边境多战事，主要是北方少数民族地区统治者向幽燕地区侵扰。这首乐曲是描写戍边将军出征胜利归来的神情和感受。第一句，把当时强劲的守将誉为飞将军，赞扬他在沙场上追杀勇猛得胜回营。第二句写连夜入关报捷。第三、四句可作一处看，写在残月时候，谁在城头横吹梅花曲呢？吹笛人那种胜利的喜悦和回忆战争激烈的心情交织在一起，有悲愤，有感慨。把"借问梅花何处落，风吹一夜满关山"（唐代高适《塞上闻笛》）的诗意，点化为"吹落梅花雪满山"，以景结情，说明胜利也是来之不易的。这首诗也是向唐人边塞诗学习，工力深厚，句响而字稳，格调较高，但不是刻板摹拟。

枯鱼过河泣①

李攀龙

大鱼唼小鱼②,小鱼唼虾鳝③,虾鳝唼沮洳④。唼多沮洳涸⑤,请君肆中居⑥。

 **讲一讲**

李攀龙(1514～1570),字于鳞,号沧溟,历城(今山东省济南市)人。明世宗嘉靖二十三年(1544年)进士,官至河南按察使。他是"后七子"的主要代表人物。推崇古诗学魏晋,近体学盛唐。在他的各体诗中,以七律和七绝较优。著有《沧溟集》。

① 枯鱼过河泣:乐府《杂曲歌》名。

② 唼(dàn):吃。

③ 鳝(shàn):同"鳝",鳅。

④ 沮洳(jù rù):低湿润泽地,淤泥。

⑤ 涸(hé):水枯竭。

⑥ 肆(sì):店铺。

 **译过来**

大鱼吃小鱼,

小鱼吃虾鳝,

虾鳝吃淤泥。

吃到淤泥水也枯，

鱼市店中摆上你。

 **帮你读**

　　这首歌曲借"大鱼吃小鱼"的自然现象抨击封建社会土豪劣绅、贪官污吏贪婪(lán)无厌的本性。他们层层剥削一直到老百姓，老百姓的血汗膏脂像淤泥中的水一样，如果被汲干殆尽了，他们自己也难逃覆亡的结局。这首歌曲构思奇妙，讽刺有力，广为流传。

龛山凯歌(六首选一)①

徐　渭

短剑随枪暮合围②,寒风吹血着人飞。
朝来道上看归骑,一片红冰冷铁衣③。

　　徐渭(1521～1593),字文清,一字文长,号天池山人、青藤道士,山阴(今浙江省绍兴市)人。二十岁中秀才,三十七岁为浙闽总督胡宗宪幕客,参加平倭(wō)战斗,深受器重。胡宗宪下狱后,受牵连,绝意功名,卖书画度日,穷困落魄而终。他是个封建礼教的反抗者,才能极高、兴趣极广,诗文戏曲皆工。著有《徐文长集》、《南词叙录》等。

　　① 龛(kān)山:山名,位于今浙江省萧山县东北五十里处,与海宁县赭山对峙。元末明初,在我国沿海地区侵扰抢掠的日本海盗,当时称为倭寇。经过明军将士多年奋战,直到万历初(1574年)才将倭乱逐渐平息。嘉靖三十四年(1555年)冬,明军在龛山英勇抵御自温州登岸的倭寇,打了一场歼灭战。徐渭当时正在闽浙总督胡宗宪幕府,写了这组诗赞颂抗倭战士英勇善战。

　　② 合围:四面包围。

③ 红冰：血凝结成的冰。

译过来

我们随身携着短剑长枪，
天黑就把海盗四面包围。
冬夜的寒风在起劲地吹，
我们越战越勇，鲜血直往身上飞。
看第二天清早回营的骑兵，
一片片血水已结成冰，
穿着铁衣也感到寒冷。

帮你读

　　这是一首描写抗倭战斗并取得胜利的绝句。全诗场面壮观，感情豪迈，构思奇巧。仅有四句，却写出了战斗的全过程，从包围、拼杀到凯旋。虽然没有具体地描写互相交战、血肉横飞的冲杀景象，但从"寒风吹血着人飞"却渲染了战斗的激烈程度和气氛。比起唐玄宗的"溅血染锋铓"(máng)、"征夫血染衣"诗句更有感染力，更说明一个"勇"字。最末句是全诗点睛之笔，与第二句相呼应。红冰，是战斗的结晶，是胜利的结晶，是诗人亲临战斗、深有体验的结晶。由视觉"红冰"通到触觉"冷铁衣"，由触觉通到意觉，使人感到战斗的艰苦卓绝和胜利的来之不易。

望 江 南①

王世贞

歌起处，斜日半江红②。柔绿篙添梅子雨③，淡黄衫耐藕丝风④。家在五湖东⑤。

王世贞（1526～1590），字元美，号凤洲，自称弇（yǎn）州山人，太仓（今江苏省太仓县）人。明世宗嘉靖二十六年（1547年）进士，官至南京刑部尚书，为官清正，不附权贵。他才识渊博，与李攀龙同为"后七子"领袖。攀龙早卒，他独主文坛二十年。著有《弇州山人四部稿》等。

① 望江南：词牌名，又名《忆江南》《梦江南》《江南好》。

② 半江红：出自唐代白居易《暮江吟》"一道残阳铺水中，半江瑟瑟半江红"。

③ 篙（gāo）：撑船用的竹竿或木杆。梅子雨：即黄梅雨，春末夏初梅子黄熟时，我国长江中下游地区下的连阴雨。

④ 藕丝风：微细的风。耐：受得住，禁得起。

⑤ 五湖：太湖别名。作者家乡在太湖之滨。

歌声唱起的地方，
夕阳映红了半江水。
柔质而又发绿的撑船竿，
经常遭受黄梅雨淋洗。
渔子身穿的那件淡黄衣衫，
受得住藕丝风日也吹，夜也吹。
啊！我的家就在太湖之滨。

　　王世贞曾为被权奸陷害的杨继盛衣尸入棺，受到严嵩的忌恨，致使父亲也被严嵩治罪杀害。隆庆初年（1567），他为父申了冤。但他悲愤的心情和对现实的不满，常常在诗文中有所表露。这首词可以理解为对恶势力敢于作斗争的歌颂。"歌起处"，也是回首处，起句笼罩全阕。歌声的播扬使江南初夏美景更加秀丽多姿、有声有色。是半江水、一竿绿篙、一件淡黄衫战胜残阳、梅子雨、藕丝风的喜悦神情，这歌声的播扬，是抒情主人公，也许是渔子、游子或作者自己在美化，向往一种理想、情操、没有悲伤的境地，词人不说一江，而说"半江"，带有一种象征意义——半辈子的心理分寸感。梅雨过后，江水上涨，故说"添"。单薄长衫任凭风吹雨打，称得上"耐"。这斜阳、江水、梅子雨、藕丝风都带有色彩点染的愁绪，是日日夜夜侵扰自己心灵、身世的无限愁绪。尽管"愁如海"，有什么了不得，都付与烟波钓徒。柔绿篙，淡黄衫,斜风细雨何处归,只有家乡。也只有家乡之美,才能播扬这人生壮丽的歌声。所以,结尾与首句互相呼应,一气呵成,意味深长,词不在长短深浅,贵在移情、含蓄、有意境。

马上作①

戚继光

南北驱驰报主情②，江花边月笑平生③，

一年三百六十日，多是横戈马上行④。

戚继光(1528～1587)，字元敬，号南塘，定远(今安徽省定远县)人。他出身将门，官至左都督，加秩少保。他是著名的抗倭将领和军事家，战功卓著。明万历间，受朝臣排挤，谢病归。他的诗慷慨激昂，雄壮苍劲(jìng)。著有《止止堂集》等。

① 马上作：作者在行军马上作的诗。

② 南北驱驰：作者先在南方浙江、江西、福建、广东沿海一带平定了海患，又在北方镇守蓟(jì)州十五年，南北策马疾驰。主：指君主。

③ 江花：指南方江边的花。边月：指北方边地的月。

④ 横戈：持着武器。

南方平海患，北方镇边防。

报效国家做奉献。

江边的花，塞上的月，
笑看我的一生。
一年三百六十天，
多是手持兵器马上行。

帮你读

　　这首七绝，概括地叙写了作者的生平行迹，表现了作者长期从军、报效国家的壮志豪情。他曾有诗："封侯非我意，但愿海波平"、"驱驰还我辈，不惜鬓毛苍"，表达自己忠心耿耿、舍身为国的情怀。这首诗平淡而有思致，把深厚的感情和丰富的思想用朴素的语言说出。诗写得自然易懂，意义多，感情深，不失为感事抒怀的好作品。

雁宕山迷路①

汤显祖

借问采茶女，烟霞路几重②。
屏山遮不见，前面剪刀峰。

汤显祖（1550～1617），字义仍，号海若，晚号若士，临川（今江西省抚州市）人。少年时显出才华，二十六岁刊印诗集，三十四岁中进士。做过南京太常寺博士、礼部主事、浙江遂昌知县。他一生蔑视权贵，常得罪名人。后辞官回乡，从事戏曲创作，著有《牡丹亭》、《玉茗堂集》等。

① 雁宕（dàng）山：即雁荡山，分南北雁荡山。旅游胜地主要指北雁荡山，在今浙江省乐清县境。主峰雁湖岗，峰顶有湖，芦苇丛生，秋雁常来栖宿，故称雁荡。大龙湫的大瀑布，高约一百九十米，称"雁荡第一绝"。雁荡三绝之一的灵岩，因状若屏风，又称屏霞嶂。灵岩寺右有天柱峰，寺左展旗两峰相对而立，可以滑索飞渡。雁荡三绝之一的灵峰，位于灵峰寺后，高约二百七十米，与右侧倚（yǐ）天峰相依，称合掌峰。雁荡奇峰秀绝，两峰相对，胜似剪刀。

② 烟霞：烟雾和云霞。

译过来

请问采茶姑娘，
烟霞路有几多重？
屏嶂遮住人的视线，
就在前面剪刀峰。

帮你读

　　这首五绝，是作者在遂昌知县任上游雁荡山时有感而作。作者在任期间，多施善政，关心民间疾苦，以诗讽刺朝政。晚年淡泊守贫，不肯与郡县官周旋。这首诗反映作者自号"萤翁"的心情，全诗采取问路自答方式表达思想。烟霞之路比喻青云直上之路，究竟有几多山重水复。屏山比喻权贵之势，把望眼都遮住了。所望见的是前面的剪刀峰，遮住望眼的也是前面的剪刀峰。这首诗写得很自然，眼之所见，信笔写来，写景即言情，作者一方面希望有官做，一方面又怕郡邑（yì）有饿虎之吏。后来逐渐打消做官的念头，专注写作。这首诗言少意深，令人回味。

摊破浣溪沙①

陈继儒

梓树花香月半明②,棹歌归去草虫鸣③。曲曲柳湾茅屋矮④,挂鱼罾⑤。　　笑指吾庐何处是⑥?一池荷叶小桥横。修竹纸窗灯火里⑦,读书声。

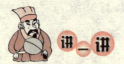

陈继儒(1558～1639),字仲醇(chún),号眉公、麋公,松江华亭(今上海市松江县)人。他很小就负有才名,做过诸生。二十八岁起隐居小昆山(在松江西北),一辈子不贪慕荣利,但仍然关心国计民生,常常慷慨陈辞。朝廷几次征召,他都以自己有病推辞。他工诗善文,书画与董其昌齐名。著有《眉公十集》、《晚香堂词》等。

① 摊破浣溪沙:词牌名,又名《山花子》。

② 梓(zǐ)树:一种落叶乔木,初夏时开唇形的淡黄色花。

③ 棹(zhào):摇船的用具。

④ 曲曲柳湾:植满垂柳的曲曲河湾。

⑤ 罾(zēng):一种用竹竿、木棍作支架的成方型的鱼网,又叫扳罾。

⑥ 吾庐:我的家。

⑦ 修：细长。

淡黄色的梓树花芬芳，
夜空的月色半明半暗。
划着小舟，唱着渔歌往家还，
一路上草虫儿闹得欢。
沿着河湾走进柳林深处，
有一间矮矮的草屋，
门前挂着鱼网。
笑问我的家究竟在哪里？
——呵！碧绿的荷叶池畔，
在那横架着的小桥旁。
纸窗外摆动着凤尾竹，
纸窗内点着明亮的灯光，
伴着那书声朗朗……

　　这首词是写初夏夜归。作者曾说："四时之景，无如初夏。"
（《岩栖幽事》）梓树、荷叶是富有初夏时节特征的两种植物，"月
半明"、"纸窗灯火"具有夜晚的色彩。上片写夏夜乐趣，划着小
舟唱着歌，回到柳湾、挂着鱼网的矮屋，自有一番夜归的情趣。
着力描绘江南水乡夏夜渔村的独特风光，借景写出作者悠然自
得的心境。下片介绍作者隐居之处的幽静，"笑指吾庐何处是"

一句,承上启下,自然巧妙。作者自答:荷池桥边,是他居处的雅;修竹灯光,是他情致的逸;朗朗书声,是他生活的乐。一个"笑"字,给全词添上一种有声有色的喜悦,表现了作者隐居生活中恬静潇洒的情趣。

竹枝词（十二首选一）①

袁宏道

雪里山茶取次红②，白头孀妇哭春风③。
自从貂虎横行后④，十室金钱九室空。

 讲一讲

　　袁宏道（1568～1610），字中郎，号石公，公安（今湖北省公安县）人。明万历二十年（1592年）进士，官至吏部稽（jī）勋郎中。一生淡泊名利，鄙弃官场。他与兄袁宗道、弟袁中道同为"公安派"的创始者，主张文学创作要"独抒性灵，不拘格套"，抨击前后"七子"的拟古倾向。著有《袁中郎集》。

　　① 竹枝词：又称巴渝词（见前杨维桢《海乡竹枝歌》注）。

　　② 山茶：常绿灌木，春节前后开红花。取次：依次。

　　③ 孀（shuāng）妇：寡妇。

　　④ 貂（diāo）虎：指似狼虎的宦官。汉代宦官的帽子上饰以貂、珰两种饰物。后来就以"貂珰"为宦官的代称。这里的貂虎，指宦官充任的矿监税吏。

 译过来

　　雪里的山茶花逐渐放红，

白头的寡妇又哭诉春风。

自从貂虎横行霸道以后，

十家的钱财有九家被搜刮一空。

袁宏道喜欢民歌，于明万历三十年（1602年）在家乡公安闲居时写了这一组竹枝词。当时，宦官专权，朝政日衰，矿监税吏到处横行，农民赋税惨重，两湖地区的财物已被搜刮、掠夺一空。诗的起句很有景色气势，点明飞雪迎春尤感寒意。次句写老而无夫无子的妇人向春风哭诉，凄凄惨惨，令人心酸。第三、四句，点明主题，指责统治者的暴行，官吏蛮横，勒索民财，民不聊生，无以为家。早在万历二十七年（1599年），袁宏道在给友人的信（《答沈伯函》）中说，荆州一带商民受矿税官吏的压榨，老百姓被逼南迁了，商人外游走了，卖房子的，卖儿女的，出典衣服物品的到处可见，十家有九家如此变卖。这首诗反映了重大的社会问题，这是对竹枝词的发展。这首诗写得新鲜自然，生动爽朗，比起一般民歌更具有情景凝练的特点。言之有物，寄意深远，表达出作者关心民生、感慨国事的心情。

夜 泉①

袁中道

山白鸟忽鸣②,石冷霜欲结③。
流泉得月光,化为一溪雪。

 讲一讲

　　袁中道(1570～1623),字小修,公安(今湖北省公安县)人。袁宗道、袁宏道之弟。十余岁作《黄山赋》《雪赋》五千余言。青年时期游览燕、赵、齐、鲁、吴、越等地,诗文因以日进。明万历四十四年(1616)进士,授徽州府教授,官至南京吏部郎中。著有《珂雪斋集》。

　　① 夜泉:夜间的流溪。

　　② 白:明亮。

　　③ 霜:俗说"露结为霜"。霜一般出现于晴朗无风的夜间或清晨。

 译过来

　　　　月光照得山林发白,
　　　　鸟啼欢。
　　　　月色抹得山石发寒,

露结霜。

一溪流动的泉水，

月光映。

化为一溪洁白的雪。

 帮你读

　　这首诗写南方山泉夜景，作于明万历三十年（1602年）冬。作者连年科场失意，又痛失长兄袁宗道。一次到玉泉山中暂游，希望借泉声月色天籁的妙境，消解心中的烦忧苦闷。此诗采取以景造境，以境托声的写法。诗题是听泉，却没有直接写泉声，而是先从周围景物下笔。首写月光之明，明如昼，使山林发白，宿鸟惊鸣。次写月光之寒，寒如霜，使山石有发冷的感觉。三、四句写月光之美，在流泉中波动化为一溪雪，这样写有色、有声、有感觉。自然天籁，晶莹皎洁，正是作者汲汲以求的境界。泉声带来了石水相激、山谷呼应，响彻夜空的妙境。因而作者情不自禁地表示"安得一生听，长使耳根悦"（《听泉》末句）。泉声、月光是景，月光、泉声也是情。这是"性灵派"创作特色发挥得很充分的作品之一。

观　稻①

石　沆

稻水千区映②，村烟几处斜③。

冷风低起树④，轻浪细浮花⑤。

鸟雀深深圃⑥，凫鸥浅浅沙⑦。

社歌声不绝⑧，于此见年华⑨。

　　石沆（hàng），字瀣（xiè）仲，如皋（gāo）（今江苏省如皋县）人，大约明万历三十八年（1610年）以前在世，活了不到三十岁，他的诗擅长写自然风光和农村生活。

　　① 观稻：观看稻的长势。

　　② 区：指能蓄水的田。

　　③ 村烟：村子里的炊烟。

　　④ 这句是说，冷风从树低处吹起。

　　⑤ 花：指稻花。

　　⑥ 圃（pǔ）：指场圃、草垛。

　　⑦ 凫（fú）：野鸭。鸥（ōu）：水鸟，在江为江鸥。

　　⑧ 社歌：社日的歌舞。古代在立春或立秋后第五个戊日祭土地神，称社日。鼓乐赛会、饮酒聚餐。这里指秋社，在农历八月秋分前后。

　　⑨ 年华：指丰收、美好的年景。

阳光撒满大片水稻田，
村前弯斜了几处炊烟。
冷风从树低处吹起，
金浪浮着稻花轻轻地拍打。
大草垛将是鸟雀的安乐窝，
野鸭、水鸟在沙滩上停立。

节日的歌舞演唱非常热闹，

今年一定是一个丰收之年。

这是一首写农村风光的五律，语言流畅，景象生动，风格清新。作者以口头言语写眼前景致，纯写天然，自臻（zhēn）妙境，是具有诗情画意的好诗。水稻田与阳光交相辉映，炊烟袅（niǎo）袅，冷风瑟（sè）瑟，细细的稻花香随着金色的微浪浮去；鸟雀筑巢，凫鸥嬉戏，秋社欢庆，歌唱瑞年。从地上写到天空，又从天空写回地上，动中有静，静中有动，虚实结合，情景交融。从起句点题，到末句收题，中间两联描写景物，田园色彩，欢快场面，都集中表达了"见年华"的真情实感，反映了诗人对农作物丰收的喜悦心情和希望。

金元明清诗词

渔 歌 子①

吴 兖

千顷蒹葭一钓翁②,家居南浦小桥东③。
桃花水,鲤鱼风④,短笛横吹细雨中。

讲一讲

吴兖(yǎn)(生卒年不详),字鲁子,武进(今江苏武进县)人,明神宗万历二十八年(1600年)举人。

① 渔歌子:词牌名,又名《渔父》。

② 顷:一百亩为一顷。蒹葭(jiān jiā):指初生的芦苇。

③ 南浦:指南面水边。

④ 桃花水:指桃花汛。桃花盛开时正当雨季,江河涨水。鲤鱼风:金鲤为太湖特产,风起则金鲤浮头,跳浪。

译过来

浩渺的芦苇中有一钓翁,
家居在南湖滨小桥之东。
桃花汛来,鲤鱼风起,其乐无穷。
一支短笛,横吹在濛濛细雨中。

　　这首词描写渔翁怡然自得的乐趣,也寄寓了作者热爱自然、热爱生活的情怀。起句点明全阕的主人公是钓翁。千顷蒹葭和南浦桥东之树,一片江南水乡景色,风景宜人,远离尘俗,是钓翁的第一个乐趣。二、三月间,桃花汛来,鱼游春水,风乍起,金鲤浮头跳浪,正是垂钓的最好季节,是钓翁的第二个乐趣。浩瀚湖水,独钓烟波云霞;斜风细雨,一支短笛横吹,是钓翁的第三个乐趣。唐代张志和的《渔歌子》写道"西塞山前白鹭飞,桃花流水鳜(guì)鱼肥。青箬笠,绿蓑衣,斜风细雨不须归。"同是一幅江南水乡渔歌图,两首词意境相同,都是作者对渔民生活理想化的描写,也是作者自身理想生活的写照。

捣练子^①

春日舟中见月^②

高景兰

烟漠漠^③，路茫茫^④。桃李无言万树芳^⑤。百啭黄莺催日暮^⑥，白云深处透微光^⑦。

讲一讲

高景兰，字媚生，会稽（今浙江省绍兴市）人。明末爱国志士祁（qí）彪佳（1602～1645）之妻。著有《锦囊诗余》。

① 捣练子：词牌名，又名《深院月》、《捣练子令》。

② 题解是春日泛舟鉴湖，日暮时见月。鉴湖，也称南湖、镜湖，在今浙江省绍兴市。唐时绍兴分会稽、山阴两县，同城而治。汉时会稽太守筑堤蓄水分县，属于会稽县境的叫东湖，属于山阴县境的叫南湖。

③ 烟漠漠：湖上雾气密布的样子。

④ 路茫茫：水路宽阔、辨认不清。

⑤ 桃李无言：桃李本不能言，但以华实感物。谚语："桃李不言，下自成蹊"，比喻实至名归。

⑥ 百啭：啼叫不停。

⑦ 微光:指淡淡的月光。

> 湖上雾气密布,
> 水路广阔无边。
> 桃李默默不言,
> 万树吐出芬芳。
> 黄莺啼叫不停,
> 催太阳快快下山。
> 看那白云深处,
> 露出淡淡的月光。

　　这首词是作者暮春泛舟鉴湖时见月有感而作。只用了五句,把鉴湖的暮春景色描绘得疏淡如画,就在疏淡的景中透露出作者凄清的情怀。作者处在明末动荡不安的情势下,对国家的前途感到渺茫。起句道出了作者心中的隐痛,桃李无言进一步刻画了作者对当局的态度。虽然迎来了春天,但春天即将归去。春归何处?作者点化了宋代黄庭坚《清平乐》的词意:"春无踪迹谁知?除非问取黄鹂""百啭无人能解,因风飞过蔷薇"。并对黄莺百啭赋予了新意:"催日暮"。作者所向往的是明月,即那白云深处已露出的淡淡月光。这首词言短意长,末句含有不尽之意。

金元明清诗词

小车行①

陈子龙

小车斑斑黄尘晚②,夫为推③,妇为挽④。出门茫然何所之⑤?青青者榆疗吾饥⑥,愿得乐土共哺糜⑦。风吹黄蒿⑧,望见墙宇⑨,中有主人当饲汝⑩。叩门无人室无釜⑪,踯躅空巷泪如雨⑫。

讲一讲

陈子龙(1608～1647),字人中,更字卧子,号轶(yì)符、大樽,华亭(今上海市松江县人)。明崇祯十年(1637年)进士,官至兵部给事中,因不满朝政,辞官归乡。清兵攻占南京,他在家乡起兵抗清,称监军。战败后,又联络太湖兵抗清,事被泄露,在苏州被捕,解(jiè)送途中,乘隙投水死。他在文学成就上远在前后"七子"之上。明亡以后,更多慷慨悲怆(chuàng)之作。前人誉他为明诗殿军。有《陈忠裕公全集》。

① 行:古代诗歌的一种体裁。

② 斑斑:同"班班",车声。

③ 为:则。

④ 挽:牵、拉。

⑤ 之:往、到。

⑥ 榆疗吾饥：指榆荚和榆皮可以充饥。

⑦ 乐土：安乐之地。哺糜（mí）：喝稀饭。

⑧ 蒿（hāo）：一种野草，艾类。黄蒿：大旱使蒿草枯黄。

⑨ 墙宇：屋檐、居处。

⑩ 饲汝：给你饭吃。

⑪ 釜：锅。

⑫ 踯躅（zhí zhú）：同"踟蹰"，徘徊、失望。

译过来

黄土尘满天飞，

小车"班班呀呀"地叫到晚。

男的推着车在后，

女的拉着车在前。

一出门，糊里糊涂不知走向何方？

只有发青的榆叶榆皮可以充饥，

很想有一块安乐的地方喝碗稀饭。

热风吹低枯黄的野蒿，

看见了前面的屋墙。

希望屋主人将给你一口饭，

一叩门这家没有人，屋里也没有锅碗。

饥人在空巷里走来走去，

泪像雨一样地流淌。

金元明清诗词

　　崇祯十年（1637年）六月，北京郊畿（jī）和山西大旱；七月，山东又遭蝗害。当时作者出京南下赴惠州任，途中目击饥民乞讨无门、流离失所的凄惨情景，写作此诗。诗中通过逃荒夫妇的遭遇，真切地反映了明末的社会状况。这在乐府民歌的题材上，有了新的开拓。这首诗完全用白描手法，对比技巧，实写与虚写，现实与理想，都围绕揭示一个"饥"字，突出地描写饥民的内心活动及表情。荒年无食，只好以榆叶榆皮充饥。能喝上一口粥，就是理想的乐土了。然而连这样低的要求，又到哪儿去寻找？远望黄蒿中露出墙垣（yuán），想到这里有住家，屋主人会施舍你一点吃的东西，然而屋主人也已经逃荒去了。在环境的渲染上，突出描写旱情：路上尘土飞扬，野蒿枯黄，村巷无人，只有悲泪如雨，最后还是落到走投无路。"愿得""踯躅"都紧扣着"出门茫然何所之"。《小车行》就通过这层层描写向人们展示了一幅惨不忍睹的灾民流离图。

别云间①

夏完淳

三年羁旅客②，今日又南冠③。

无限河山泪④，谁言天地宽⑤。

已知泉路近⑥，欲别故乡难。

毅魄归来日⑦，灵旗空际看⑧。

夏完淳（chún）（1631～1647），原名复，字存古，华亭（今上海市松江县）人。他天资聪明，五岁读经史，七岁能作文，十五岁从父夏允彝（yí）、老师陈子龙起兵抗清。父殉国后，他坚持抗清。清世祖顺治四年（1647年）他被人告密，在家乡被捕，就义时年仅十七岁。他是中国历史上罕见的少年民族英雄和爱国诗人。今人编有《夏完淳集》。

① 云间：上海松江的古称。别云间，就是告别家乡松江。

② 三年：作者自清顺治二年（1645年）起参加抗清斗争，出入太湖及其周围地区，至顺治四年（1647年）被捕共三年。这句意为三年奋斗，今日成囚。

③ 南冠：春秋时楚人冠名。《左传·成公九年》："晋侯观于军府，见钟仪，问之曰，'南冠而絷（zhí）者，谁也？'有司对曰：'郑

人所献楚囚也。'"以后就用"南冠"代称囚犯。

④"无限"句:说明目睹大好河山沦丧,而身披枷锁,感到复国无力,只有挥泪不已,遗恨无限。

⑤"谁言"句:寄寓诗人的国仇家恨无处伸张,比起唐人孟郊诗句"出门如有碍,谁谓天地宽"(《赠崔纯亮》)所表达的苦闷,更为深刻,更为悲愤。

⑥ 泉路:指到地下黄泉路,俗指死亡的路上。

⑦ 毅魄:刚毅不屈的魂魄。

⑧ 灵旗:这里指抗清的战旗。

三年来驰骋沙场,

今日却成了囚犯。

无限江山尽是泪,

谁说什么天地宽。

已知黄泉路很近,

托嘱心事却更难。

只有成为鬼雄归来的时候,

定会看到抗清战旗迎风招展。

这首五律是作者被清廷逮捕后,在解(jiè)往南京前临别自己家乡时所作。作者抱着此去誓死不屈的决心,对行将永别的故乡,流露出无限的依恋、深切的寄托和视死如归的壮怀。首联

金元明清诗词

抒怀,壮志未酬,何以许身复国？颔联有洒向山河尽是泪,天地也不宽的感叹。颈联转到生离死别,"难"字说明心事重重,想多见一下乡亲父老、故乡水土不可能了。尤其难过的,还有很多要托嘱的心事对家乡人民更难说了,只有"生当作人杰,死亦为鬼雄"(宋代李清照《夏日绝句》)。尾联表明死后仍然继续抗清,可歌可泣。这首诗与明代政治家杨继盛《就义诗》当时为天下传诵。诗人至死不忘抗清,他的高度爱国热忱熔铸了他一生,所以才能写出这样第一等的真诗、好诗。

清 代

江 村

黄宗羲

江水绕孤村①，芳菲在何处②？
春从啼鸟来③，啼是春归去。

黄宗羲（xī）（1610～1695），明清之际著名思想家、学者，字太冲，号梨洲，余姚（yáo）（今浙江省余姚县）人。他曾坚持抗清斗争，明亡以后，不仕清廷。他是我国清代史家开山之祖，学问渊博，著述甚多。编著有《明儒学案》、《明文海》等二十多种，今合编为《黄梨洲文集》。

① 孤村：几户人家的村落。

② 芳菲：芬芳的花草，这里指美丽的季节。

③《顾渚山记》载：山中有一种报春鸟，每到一、二月，叫声似"春起也"；至三、四月，叫声似"春去也"。

 译过来

江水绕着村头流走了，
美丽的季节在哪里呢？
春天伴随着啼鸟而来，
啼鸟声声又送春归去。

 帮你读

　　这是诗人怀念故国的诗。它写于作者晚年（1683年），当时故国灭亡已四十年。诗人隐居"孤村"，虽是春季，但无春意。心目中抗清胜利的春天，又到哪里去寻找呢？触景生情，百感交集。面对现实的"江水"、"孤村"，是达不到锦绣前程的，只有寄望"啼鸟"。然而"啼鸟"既迎春又送春，加重了无可奈何的春来春去、岁月如流的感叹，诗人借此抒发眷恋故国的深情。

金元明清诗词

江　村①

李　渔

我爱江村晚，家家酿白云②。
对门无所见，鸡犬自相闻。

李渔（1611～约1679），字笠鸿，号湖上笠翁，原籍兰溪（今浙江省兰溪县），生于雉（zhì）皋（gāo）（今江苏省如皋县）。少时以才子自居，在明代考中过秀才，入清后未曾应试做官。移居杭州，才投身文坛。后又迁居南京，住地名芥子园。编制《芥子园画谱》、《笠翁诗韵》等，又组织家庭剧团，演出自编的戏曲。晚年又移居杭州。他一生从事戏曲创作,著述颇多,后合刻为《笠翁一家言全集》及小说、传奇约十六种。

① 江村:傍江而居的村庄。

② 酿:制作,此处指升起炊烟。

我喜爱江村的傍晚时分,
家家户户都升起白云似的炊烟。
暮霭把江村都遮住了,
但还能听见鸡犬声声。

　　这首五绝描写江村农家生活,明白如口语,着笔自然。唐代司空图《诗品·自然》说:"如瞻花开,如瞻岁新。"这是说像看到春日花开、岁时日新那样自然。自然没有斧凿痕迹,但也不是神来之笔,而是像庖丁解牛,功到自然成。自然与朴素分不开,但不等于朴素。这首诗写得自然、朴素,比较真实地反映了江村傍晚的情景。不是江村人,难有江村情。

金元明清诗词

水仙(甲子)^①

王夫之

乱拥绿云可奈何^②，不知人世有春波^③。
凡心洗尽留香影^④，娇小冰肌玉一梭^⑤。

　　王夫之（1619～1692），字而农，号姜斋，自号船山病叟（sǒu），学者称船山先生，衡州（今湖南省衡阳市）人。明崇祯十五年（1642年）举人。明亡，曾在衡山举兵抗清。战败后任南明桂王政权行人司行人。后到桂林依瞿式耜（sì）事败，决心隐退。辗转湘西、广东一带，最后归衡阳石船山，筑土室曰："观生居"。刻苦研究,潜心著书达四十年。著有《船山全集》、《姜斋诗话》等。

① 水仙:多年生草木,石蒜科,冬末春初于叶中抽花茎,花大如簪(zān)。多置盆中水养,可供观赏。甲子:用天干和地支相配来纪年的顺序,每六十年轮一周。此诗作于清康熙二十三年(1684年)。

② 绿云:形容女子头发多而浓黑。

③ 春波:指绿波春浪、变化无常。

④ 凡心:俗心。这句指水仙花的高雅芳洁,不同凡俗,娟秀的花影投在清水白石的玉盘里。

⑤ 冰肌:指水仙花娇小而明艳的肌肤。晶莹像冰雪,绰约像仙女。梭(suō):扎发用物。水仙花的玉色花瓣,恰似那玲珑的一支支白玉簪。

 译过来

　　　　　堆云般又黑又浓的发髻(jì),
　　　　　可以打扮像个样。
　　　　　为什么人情世态,
　　　　　像春波一样起伏无常。
　　　　　洗尽凡俗尘埃,
　　　　　只留芳影在清水白石间。
　　　　　晶莹的肌肤,
　　　　　玲珑得像一支支白玉簪。

　　王夫之这首咏水仙花诗，以托物寄兴的手法，赞美水仙花的高雅芳洁，借以表现自己归隐衡阳石船山下，潜心著书，誓不出仕的思想感情。他多次拒绝地方官的征召，一直抵制清廷的薙(tì)发令，而"独完发以终"。一些地方官对他留发比较宽容。有个新任知府带人爬上他住的小楼，想强迫他接受剪发，最后以敬慕致侯结束。诗的起句"绿云"，指花叶丰茂碧绿，用"乱拥"二字，又将花拟人，洁身修养，不为"春波"世俗所动。凡心洗尽，是点睛之笔。他强调志趣在清水白石间，只留"香影"终生，像姑射仙子一样纯洁，像白玉簪一样玲珑。作者在诗中寄托了故国沦亡、身世漂泊之感。这种要流芳人世间，不媚世俗，不慕富贵的品格，也正是诗人品德的自我写照。

南乡子

江南杂咏(六首选一)①

陈维崧

天水沦涟②,穿篱一只撅头船③。万灶炊烟都不起,芒履④,落日捞虾水田里。

陈维崧(1625～1682),字其年,号迦陵,宜兴(今江苏省宜兴县)人。明末名士陈贞慧之子,少年时以文名。明末清初,流寓南北。康熙十八年(1679年),举博学鸿词科,授翰林院检讨,参与编修《明史》。所填词多至一千六百多首,篇什之富为历代词人之冠。著有《陈迦陵文集》、《湖海楼诗集》、《迦陵词》等。

① 南乡子:词牌名。江南杂咏共六首,本篇原列第一。

② 天水沦涟:一片大水把田野淹没,水天相接,风吹水面漾起波纹。

③ 撅头船:尖头向上翘起的小划子渔船。渔船穿篱而过,说明田野村落已淹成水乡。

④ 芒履(lǚ):草鞋。

金元明清诗词

茫茫的大水淹没了田野家园，
无边的水波和云层连成一片。
一只小划子渔船，
从村前的篱笆上穿行。
受灾的千村万户升不起炊烟。
大家穿着草鞋，
都到水田里去捉鱼捞虾，
直到傍晚时分。

这首词描绘了当时江南农村生活的苦难情景。以现实的社会题材入词，在以前也是少见的。这首词是写农村遭受涝灾，田野家园尽成泽国，水天相接，令人感到水势大，灾情重。"穿篱"二字十分传神地刻画渔船居然离开河道，划行在东倒西歪的篱笆之间。千家万户的灾民揭不开锅盖，在茫茫大水围困之下，除了捞虾捉鱼外，有什么办法糊口呢？寥寥数笔，勾勒出一幅农村水灾图。构思新奇，意蕴深婉，倾吐了作者慨叹感伤、沉郁愤激之情。

桂 殿 秋①

朱彝尊

思往事，渡江干②。青娥低映越山看③。
共眠一舸听秋雨④，小簟轻衾各自寒⑤。

　　朱彝尊（1629～1709），字锡鬯（chàng），号竹诧（chà），晚号
小长芦钓师，又号金风亭长，秀水（今浙江省嘉兴市）人。年轻时
曾参与共图复明，事败后，避祸远游。康熙十八年（1679 年）举博
学鸿词，官翰林院检讨，参加修纂（zuǎn）《明史》。罢官后，潜心
著述，藏书八万多册。他博通经史，擅长诗词。他的诗与王士禛
齐名，词与陈维崧、纳兰性德分鼎康熙一朝，为浙西词派的创始
人。编著有《曝书亭集》、《经义考》、《明诗综》、《词综》等。

　　① 桂殿秋：词牌名。

　　② 江干：江边。

　　③ 青娥：女子用青黛画眉，长细如蚕蛾触须。越山：浙江秀
水之山。这句是说，翠眉如黛的舟中女子与状如眉峰聚的越山
相互打量，交相辉映。

　　④ 舸（gě）：小船。

　　⑤ 簟（diàn）：竹席。衾（qīn）：被子。

金元明清诗词

带着一段美好的回忆，

行船在江边。

翠眉如黛的女子，

同状如眉峰聚的青山，

在清澈的江水中，

低低地相互打量。

我们同睡在一个小船舱。

听那淅沥的秋雨，

落在江上，

落在船舱里，

落在我们的心里。

单薄的被衾，

窄小的竹席，

我们各自都挡不住秋寒。

　　词论家们对这首小令推崇备至。它是朱彝尊的代表作，体现了他学南宋清空醇（chún）雅的词风。作者在词中对同舟人的音容相貌描绘得楚楚动人。起句，提领全篇，点明事由及其地点。"越山"，进一步展示特定地点，唤起我们向往"水是眼波横，山是眉峰聚"（宋代王观《卜算子》）的风光。"低"、"映"、"看"三字，使绿水青山人格化了。青娥指好的眉黛，也指山色。"青娥"

与"越山"凝神相窥,也是同舟人凝神相慕,这一句的句法两次倒装。看"越山"低映水中,其倒影像女子蛾眉一样美丽。"共眠"二句,是全词中心所在。词义曲折含蓄,不叫人一目了然,却尽得风流。两人同在"一舸""听秋雨"是"共","各自寒"是未"眠"。与其说是秋寒来自外界,毋(wù)宁说寒意来自内心。全词写出了相慕之人有缘相遇,却无缘相亲的幽怨心境。

于忠肃墓①

屈大均

一代勋勚在②，千秋涕泪多③。

玉门归日月④，金券赐山河⑤。

暮雨灵旗卷⑥，阴风突骑过⑦。

墓前频拜手⑧，愿借鲁阳戈⑨。

屈大均（1630～1696），明末清初诗人，字翁山，番禺（今广东省广州市）人。明诸生，少年时参加抗清，广州被清军攻陷后削发为僧，居西湖甚久，仍图恢复。还俗后，继续参加吴三桂反清部队，终未成事，在家抑郁而死。他与陈恭尹、梁佩兰并称"岭南三家"，著有《翁山诗外》等。他的著作乾隆时遭禁毁，至清末始复有印本行世。

① 于忠肃：明代民族英雄于谦，谥忠肃。墓在杭州西湖三台山（详见本书于谦《石灰吟》）。

② 勋：业绩。勚（yóu）：同"猷"，谋略。

③ 千秋：形容岁月长久。涕泪多：指哀悼深沉。

④ 玉门：指玉京（北京）之门。明英宗正统十四年（1449年）七月，北方瓦剌（là）军进犯大同，英宗亲征，八月于土木堡（今河

北省怀来县南)大败被俘,瓦剌军遂长驱进犯北京。于谦升任兵部尚书,拥立景帝,守卫北京,积极调兵抵抗,终于迫使瓦剌军释放英宗。景帝景泰八年(1457年)徐有贞、石亨等发动夺门之变,英宗复辟,于谦被诬,下锦衣卫,致死。

⑤ 金券:指金书铁券,即在铁质上烙金字。古代皇帝对大功臣赏赐给这种特权信物,持此信物,功臣本人及其后裔(yì)如犯罪,均可免死。山河:指山河为誓。汉高祖平定天下,大封功臣,誓词中有句:"使河如带,泰山若砺。"意思是黄河像衣带一样窄小,泰山像磨刀石一样平坦,如"带河砺山"不可能出现,功臣爵位也不会失去。这二句是说:于谦使国家局势转危为安,国君能够平安回到北京,应该受到金书铁券的赏赐。

⑥ 灵旗:军旗。

⑦ 突骑(jì):能突入敌阵的骑兵部队。这两句是说,作者在墓前凭吊,于暮雨中恍见当日于谦调兵出征,战旗荡野,任凭风吹雨打;于阴风中如同听到骑兵阵阵冲入敌营奋战。

⑧ 拜手:拜时头俯至手。

⑨ 鲁阳戈:传说鲁阳与敌酣(hān)战,日暮,他以戈挥日,日为之反三舍(参看《淮南子·览冥》)。

译过来

伟大业绩,一代功臣;

无限悲愤,千古哀情。

国家复安,日月复明;

金书铁券,山河永铭。

暮天黑雨,舒卷战旗;

赫赫威灵,风扫征骑。

墓前跪拜,首俯到膝;

借戈挥日,长叩久祭。

这首五律,作者在哭于谦,也在哭自己。作者对于谦一生业绩的回顾与颂扬,寄托了自己的爱国思想和抗清的斗志。诗的首联,歌颂于谦的悲壮、倾吐自己的感慨。上句写功高,下句写泪多,为于谦鸣不平。诗的颔联,颂扬于谦的功勋在于使国家转危为安,英宗得归,再见光明,应得到金书铁券之赐。然而,于谦有功无赏,反遭诬杀。诗的颈联,说明于谦虽死,而英灵犹存,还率领军队突入敌方骑兵阵营。诗的尾联,叙说墓祀的情况,不仅频频致敬,而且勇气倍增。这首诗采用了浪漫主义的写法,既写于谦的功勋,又展示了大丈夫威武不能屈的气概,虽死犹生,浩气长存。他的诗使人读后感到屈诗不止于"一字一泪",而是哭中有怀,鼓舞后人继续战斗,反对侵略和压迫。

潇湘神（三首选一）^①

零陵作^②

屈大均

潇水流，湘水流^③。三闾愁接二妃愁^④。潇碧湘蓝虽两色，鸳鸯总作一天秋^⑤。

① 潇湘神：词牌名。唐代潇湘间祭祀湘妃的神曲。

② 零陵：今湖南省永州市。

③ 潇水：源出湖南省宁远县九疑山；湘水与漓江同源于广西省兴安县海洋山。潇水、湘水在零陵蘋（pín）岛汇合称潇湘，向北注入洞庭湖。

④ 三闾：即屈原（约前 339～约前 278），伟大诗人，名平，战国时期楚国人。他曾任楚国的三闾大夫，掌管王族昭、屈、景三姓，是教育王族子弟的闲官。后为小人所谗，被放逐。他悲愤不已，怀石自沉汨（mì）罗江而死。二妃：舜二妃，即尧二女娥皇、女英。舜南巡，死于"苍梧之野"，即九疑山。传说二妃闻讯奔丧，溯潇水而上，沿大小紫荆河而下，终未得见，恸哭不止，泪珠洒在竹上，竹为之成斑。《山海经》说：二妃"奔赴哭之，陨（yǔn）于湘

江,遂为湘水之神"(参见前《岳阳楼》"帝子"注)。

⑤ 鸳鸯:潇水澄碧,湘水湛蓝,颜色不尽相同,二水相合,比喻为鸳鸯水。

译过来

潇水日夜流,湘水日夜流,
流的尽是三闾大夫的忧,
和娥皇、女英的愁。
潇水澄碧,湘水湛蓝,
色虽两样,总是一条鸳鸯水,
合成国民心上秋。

帮你读

这首小令写于1644年明亡之后,作者借凭吊屈原与舜二妃而抒发一腔哀愁。洞庭湖畔,湘水、潇水是楚国三闾大夫屈原被放逐、悲愤行吟的地方,也是传说中舜二妃溺死为神的地方。三闾之愁是为国难而愁,二妃之愁是为亡君而愁。自己也有故国覆亡之悲和故君(南明福王、桂王等被清廷杀害)死难之痛。尽管各有所愁,情况也不一样,但统统都是国家之愁,并无截然的区别。借景言情,为湘灵致哀。近代王国维《人间词话》:"喜怒哀乐,亦人心中之一境界。故能写真景物,真感情者,谓之有境界。"这首小令,是情景融洽,自成心上秋的境界。

真州绝句（五首选一）①

王士禛

江干多是钓人居②，柳陌菱塘一带疏③。

好是日斜风定后④，半江红树卖鲈鱼⑤。

　　王士禛（zhēn）（1634～1711），字子真，一字贻上，号阮（ruǎn）亭，别号渔洋山人，新城（今山东省桓台县）人。清世祖顺治十五年（1658年）进士，官至刑部尚书。康熙四十三年（1704年）罢官归里。他论诗倡言"神韵"，充当诗坛领袖数十年。著有《带经堂全集》及编著数十种。

　　① 真州：今江苏省仪征县，在扬州市西南六十里。《真州绝句》是作者康熙元年（1662年）在扬州做官来到真州时所写的五首七言绝句。这里选其第四首。

　　② 钓人居：渔家人住所。

　　③ 柳陌：长着柳树的田间小道。菱塘：长满菱的池塘。疏：疏疏落落。

　　④ 好是：最美好是。

　　⑤ 半江红树：唐代白居易《暮江吟》句："一道残阳铺水中，半江瑟瑟半江红。"斜阳照在江上，阳光照射的江水呈红色，照不到的江水呈绿色。这句是说：在半江红的江边树下卖鲈鱼。树不是指秋天的枫叶。鲈鱼：长江下游产的细鳞鱼，两侧和背鳍有黑斑，肉味鲜美。

　　江边多是渔家户，

　　稀稀拉拉散居在柳陌菱塘河渠。

　　最好是日斜风停的傍晚时候，

在半江被映红了的绿阴树下，
渔家叫卖鲜肥的鲈鱼。

 **帮你读**

　　这首诗是写春日黄昏的渔村景色，反映了江南水乡的旖旎(yǐ nǐ)风光，好像一幅水彩画，令人神往。王士禛倡言神韵，追求创作"羚羊挂角无迹可求"的旨趣。一是指即景会心，即兴而吟，写得很自然、平淡、清远，不以力构。二是要有"味外味"。"柳陌菱塘"、"半江红"，有"夕阳无限好"的韵味，饱含着水乡诗意。"日斜风定"的静谧与"卖鲈鱼"的呼喊，透露出浓郁的生活气息。这首诗风格清新明丽，诗中有画，画也画不出诗中这般好。"一带疏"的"疏"字，含有赞美的感情，这种感情不易画出；"好是"的"好"字，就含有喜爱的意思，这个"好"字也不易画出。这首诗写的是渔家生活，实际上也寄托诗人追求清远、安宁生活的理想。既写眼前景物，又含有情意，这个情意不用一字点破，只在描写的景物中透露，这就是"不著一字，尽得风流"。这首诗，也是他提出的"神韵说"的范品。

长相思①

纳兰性德

山一程，水一程，身向榆关那畔行②，夜深千帐镫③。风一更，雪一更，聒碎乡心梦不成④，故园无此声⑤。

纳兰性德（1654～1685），原名成德，字容若，满洲正黄旗人。自幼勤于修文习武。十八岁中举人，二十二岁赐进士出身。选授为三等侍卫，成为"天子近臣"，后晋为一等侍卫。著有《通志堂经解》、《饮水词》等。

① 长相思：词牌名，又名《双红豆》。

② 榆关：山海关，在今河北省秦皇岛市东北。那畔：那边，指关外。

③ 千帐：形容康熙帝行军扎营有很多帐幕。镫：灯。

④ 聒（guō）：喧嚷。乡心：思乡的心情。

⑤ 故园：家乡。

一路上翻过很多座山，

又蹚（tāng）过很多条水，

身子勉强地拖向山海关那边。

睡不着呵,望着军营千数帐,

深夜里有千数盏灯。

更鼓声里,

夹杂着风一阵,雪一阵,

把我的心搅碎了,连梦也做不成,

在关内家园里,

不会有这种烦乱声。

帮你读

　　这是纳兰性德的名作。该词作于康熙帝二十一年(1682年)农历二月。当时作者随同康熙帝东巡关外,向盛京(今辽宁省沈阳市)进发的途中,写了这首词。这首词描写了塞外风光、军旅生活和由此引起的思乡之情,诗人对帝巡的威武雄壮的盛况感到淡漠,对塞外山水风光竟一笔抹去化做"一程"、"一程"。无可奈何地"身"向榆关进发。他对"夜深千帐镫"的壮观也感到厌倦,似乎很孤寂甚至连梦也做不成,不难体味出诗人的笔下是别有寄托的。他的意绪是复杂的,他厌烦荣华富贵的权贵生活,实际上又不可能摆脱这种"雕笼"的处境,因此满腹闲愁哀怨。诗人用"一更"、"一更"、"聒碎"、"梦不成"等字句表达了内心的烦乱不安情绪。全词结句"故园无此声",正是诗人情绪的核心。纳兰性德心目中的故园,寄托着他美好的宁静,美好的纯净,美好的情感,而不是眼前这样的虚荣、排场、喧嚷、山重水复、风雪交加。词的上片,主要写景,近乎描绘出了"千古壮观"的景象。

词的下片，主要写情，"故园无此声"，寄托了作者的品格、抱负、理想、境界。王国维《人间词话》说："纳兰容若以自然之眼观物，以自然之舌言情。"这里的自然，就是诗人直写怀抱，真情实意所追寻的境界。

舟夜书所见①

查慎行

月黑见渔灯②，孤光一点萤③。

微微风簇浪④，散作满河星⑤。

 讲一讲

查（zhā）慎行（1650～1727），初名嗣琏，字夏重，又字悔余，号初白，海宁（今浙江省海宁县）人。入朝后从军西南随驾东北。康熙四十二年（1703年）赐进士出身，官翰林院编修。著有《敬业堂集》等。

① 舟夜：诗人船上过夜。书所见：记下所见的情景。

② 月黑：无月之夜。

③ 孤光：一盏灯。萤：萤火虫。

④ 簇（cù）：簇拥。

⑤ 散：撒落。

 译过来

在没有月光的夜晚，

渔船上的一盏灯，

像萤火虫一样一闪一闪。

微风吹起层层波浪簇拥而去，
那闪闪的灯光，
撒落满河都是星星。

清代袁枚评查慎行诗："一味白描神活现"（《仿元遗山论诗》）。这首五绝是作者白描之作的上品，简短四句写出舟夜小景。黑夜、渔灯、萤光、簇浪、河星之状，只有观察细致者才能道出，而且依着时间顺序来描绘，捕捉最紧要而又富有诗意的一刹那情景。前两句写静景，后两句写动景。渔灯的变幻，水静时似一点萤光，水动时似满河星星。由一点星光散作千万点星光，诗人何其兴奋，感情为之激荡，诗的意境更觉奇美、阔大。

出 关①

徐 兰

凭山俯海古边州②，斾影风翻见戍楼③。

马后桃花马前雪④，出关争得不回头⑤。

 讲一讲

　　徐兰（约 1660～1730），字芬若，号芝仙，常熟（今江苏省常熟市）人。曾入京，为国子监生，流寓通州（今北京市通县）。他多才艺，诗画并工。著有《出塞诗》。

　　① 关：指居庸关或山海关。康熙三十五年（1696 年），清帝统兵征噶（gá）尔丹。本诗是作者随军出塞时作，对远征似有讽刺。

　　② 边州：指归化城（今内蒙古呼和浩特市）辖地。汉代建制，历来成为汉族与外族争夺的地方。

　　③ 斾（pèi）：旌旗。戍楼：边防部队的瞭望楼。

　　④ "马后"句：写关内、外不同的自然现象，吐露对远征的不满。

　　⑤ 争：怎。

 译过来

　　　　依山临海，

　　　　古代争战的边防。

看见旌旗的飘扬，
就看见边防军的岗楼。
我们在征途中，
马前飘着雪花，
马后却开着桃花。
现在要出关去，
怎能不回头看一看。

清代沈德潜《清诗别裁集》评点这首诗说："眼前语便是奇绝语，几千万口流传，此唐人边塞诗未曾写到者。"这首诗确有"奇趣"。过去写征人出关诗多是悲壮之慨，或者说："不破楼兰终不还"（王昌龄《从军行》），或者说："纵死犹闻侠骨香"（王维《少年行》），或者说："独领残兵千骑归"（李白《从军行》），或者说："何须生入玉门关"（戴叔伦《塞上曲》）。本诗在写法上却独辟蹊径，在立意上紧紧扣住远赴塞外的人都有怀乡思土的情感。诗的第一句，为全诗埋下了一个苍凉的基调。第二句，对边防军营的描写，戍楼雄峙，旌旗翻飞，戒备森严。但出关之后，征人的感情是复杂的，别乡之情到了顶点。诗的三、四句，用地域季节的差异，生动传神地刻画出征人在出关一刹那间的心理活动。出关就是离乡，怎能不回头看看？这既表现出对家乡的深情，也反映出对年年远征的不满；既是描写，又是抒情。全诗情景交融，构成一首精致奇绝的边塞诗。

杂 诗

刘 岩

抛金似泥涂①,不如富购书。

有书堆数仞②,不如读盈寸③。

读书虽可喜,何如躬践履④。

积金不积书,守财一何鄙⑤。

书多弗能读⑥,贾肆浪奢侈⑦。

能读弗能行,蠹枯成敝纸⑧。

刘岩(生卒年不详),字大山,江浦(今江苏省江浦县)人。清康熙四十二年(1703 年)进士,官至翰林院编修。著有《大山诗集》。

① 泥涂:泥泞的道路。这里指用泥粉刷。

② 仞(rèn):长度单位。古代八尺或七尺为一仞。

③ 盈:满。

④ 躬践履(lǚ):亲自实践。

⑤ 鄙(bǐ):恶劣粗俗。

⑥ 弗:不。

⑦ 贾(gǔ):坐商。肆:店铺。侈(chǐ):浪费。

⑧ 蠹（dù）：蛀虫。敝：破。

花钱像抹烂泥巴一样，

不如花钱多买几本书。

买的书堆起丈把高，

不如读书寸把厚。

读几本书虽然可喜，

还不如读后亲自去实践。

多攒钱不买几本书，

吝财如命多么粗俗。

书买得多而不读，

书商白浪费资金和人力。

读了书而不努力去学做，

等于书被蛀虫咬成了碎纸。

清代沈德潜《清诗别裁集》评点这首诗说："前人已道及，此畅言之，下半首即申前半首意，不添一闲语，是为创格。"古人对买书、读书、用书的道理讲了很多而且讲得都比较透彻。唐代王梵志诗："黄金未是宝，学问胜珠珍。丈夫无技艺，虚活一世人。"宋代刘过《从军乐》："书生如鱼蠹书册，辛苦雕篆真徒劳。"又宋代范成大《次韵知府王仲行尚书鹿鸣燕古风》："戒之书鱼蠹，勉以云鹏举。"又清代归庄《读书》："愿告当世读书人，毋为空作书中蠹。"这首古诗,反映了作者的读书观,全诗反复地阐明四者的关系:积金不如积书,积书不如读书,读书不如用书。用就是实践。学习的本义就包括"时习"的意思。这首诗也是理趣诗。怎样用诗来说理,又有诗味,就是议论化用事物,并带有情韵,通过比喻等艺术手法,又同形象的描写相结合,这样就避免了概念化,在描写的事物中含有理趣。

竹 石①

郑 燮

咬定青山不放松，立根原在破岩中。
千磨万击还坚韧②，任尔东西南北风③。

骨和坚贞精神,寄寓自己的道德和理想。作者不媚权贵,不流世俗,不为贫穷所困。岩竹的风格就是诗人的风格,岩竹的形象就是诗人的形象。诗的语言浅显如话,但并不平庸。诗人"秉笔而快书",写得"沉着痛快",给人以深刻印象,成为脍炙人口的名作。

潍县署中画竹呈年伯包大中丞括^①

郑　燮

衙斋卧听萧萧竹^②，疑是民间疾苦声。
些小吾曹州县吏^③，一枝一叶总关情^④。

讲一讲

　　① 潍县署：山东潍县衙署。郑燮于乾隆六年（1741 年）为范
县令，十一年（1746 年）又调任潍县知县。年伯：科举制度中同榜
登科者称为同年，同年互称其父辈，尊称为年伯。包大中丞括：
包括，字银河，钱塘（今浙江省杭州市）人，康熙四十五年（1706
年）进士，曾任山东布政使，署理巡抚，故称"中丞"。大：表示尊
敬。

　　② 衙斋：县衙书房。萧萧竹：风吹竹叶声。

　　③ 些小：形容官职低微。吾曹：我们。

　　④ 一枝一叶：比喻老百姓的点滴小事。关情：关心。

译过来

　　　　睡在县衙书房里听到风竹萧萧声，
　　　　似乎感到老百姓因为饥寒在呻吟。
　　　　我们这些小小的州县官吏，

对老百姓的一衣一食总要关心。

作为诗人，应与人民共呼吸。郑板桥认为"忧国忧民，是天地万物之事"(《自序》)，"天地间第一等人，只有农夫"(《范县署中寄舍弟墨第四书》)。所以，他为官、作诗，心中常挂念"民间疾苦"。"卧听萧萧竹"似觉老百姓呻吟在耳，从而发出由衷之言，作为州县的地方官应该对老百姓的"一枝一叶"关心。这是诗人的自勉，也是与包括的共勉。这首诗至今仍可作为人们的座右铭。

苔

袁 枚

白日不到处②,青春恰自来③。
苔花如米小④,也学牡丹开⑤。

　　袁枚(1716～1797), 清代诗人,字子才,号简斋,钱塘(今浙江省杭州市)人。乾隆四年(1739年)进士,授翰林院庶吉士,官江宁(今南京市)知县。辞官在江宁小仓山筑随园,世称随园先生。 后五十年中以诗文闻名于世。他主张作诗应写"性情",创"性灵"说。著有《小仓山房诗文集》、《随园诗话》等三十余种。

　　① 苔:苔藓类隐花植物,也叫水衣、地衣、青苔,一般生长在阴湿的地方。

　　② 这句是说,在太阳照不到的地方。含有不被人重视的意思。

　　③ 恰自来:正好按自己生长的规律展示青春。

　　④ 米小:苔没有显著的花朵。作者把绿茸茸的原丝体看成是苔花,如米那样小朵。

　　⑤ 这句是说,也跟牡丹一样开花,显示自己的生命力。

在太阳照不到的地方，
生命也要生根发芽。
苔花像米那样小朵，
也学牡丹展示才华。

　　袁枚主张咏物作诗，"其妙处总在旁见侧出，吸取题神，不是此诗，恰是此诗"（《随园诗话》）。作者爱咏青苔。在他的《古墙》诗中道："古墙庭院角，经岁树阴遮。幽绝无人见，青苔作小花。"还有一首题为《苔》的诗："各有心情在，随渠爱暖凉。青苔问红叶，何物是斜阳？"诗人独具慧眼，以不被人重视的苔为吟咏对象。阳光赋予万物以生机，而青苔多生长在潮湿背阴的地方，甚至问："何物是斜阳？"它很渺小，在不利的条件下顽强地拼搏着，按照自己的规律和特有的属性，萌发着、生长着。它也要同牡丹一样开花，展示自己的才华，迎接大自然的芬芳。这里明是写青苔，实是写人，表达自己的人生观和对社会奉献的看法，诗人的感慨尽在不言中。全诗新颖奇异，富有启发性，把情趣、生趣、理趣统一起来。

金元明清诗词

岁暮到家①

蒋士铨

爱子心无尽②，归家喜及辰③。

寒衣针线密，家信墨痕新④。

见面怜清瘦，呼儿问苦辛。

低回愧人子⑤，不敢叹风尘⑥。

蒋士铨（1725～1785），清代戏曲作家、文学家，字心余、清容、苕（sháo）生，号藏园，铅山（今江西省铅山县）人。乾隆二十二年（1757年）进士，官翰林院编修。他与袁枚、赵翼并称"江右三大家"。辞官后主持书院讲席。著有《忠雅堂全集》及杂剧、传奇等。

① 乾隆十二年（1747年），作者游苏州、扬州、杭州、江宁诸地，十三年返家。此诗叙写作者久别后在岁末回家，母子相见的情形。

② 心无尽：指母爱无尽头。

③ 及辰：正是时候。

④ 家信：指给父母的信。墨痕：指笔迹。

⑤ 低回：指心情复杂、迂回曲折。愧人子：自愧未能尽儿子

金元明清诗词

的责任。

　⑥ 风尘:指旅途的辛劳。末二句是说:惭愧自己做儿子的没能尽到奉养父母的责任,心里过意不去。因而回答母亲的问话时,不敢当面诉说旅途的辛苦。

　　　　　慈母爱子的心没有尽头,
　　　　　回家团聚欢乐正是时候。
　　　　　母亲为儿子做棉衣密密缝制,
　　　　　儿子家信上的墨迹还未干透。
　　　　　母亲怜惜儿子的面容消瘦,
　　　　　忙叫儿子来道过苦辛缘由。
　　　　　没有奉养好父母愧当儿子,
　　　　　不敢禀告母亲出门辛劳苦愁。

　　这首五律,语言朴素,感情真挚,细腻地表现了久别回家后母子团聚欢乐的骨肉之情,如闻其声,如见其人,有浓郁的生活气息。蒋士铨幼年从母受四书与唐诗,母子感情深厚。母姓钟,著有《柴东倦游集》。全诗写母爱。首联写母望儿归家心切;颔联化用唐代孟郊《游子吟》"慈母手中线,游子身上衣。临行密密缝,意恐迟迟归"诗意,写爱子情深;颈联写爱子意真;尾联写我愧对母爱。这首诗堪称作者自己倡导的"自写性灵"之作,用白描手法,将爱幼尊长的传统美德表现深透,感人至深。

金元明清诗词

论诗(五首选一)^①

赵 翼

李杜诗篇万口传^②,至今已觉不新鲜。

江山代有才人出^③,各领风骚数百年^④。

赵翼(1727~1814),清代史学家、文学家,字云崧,号瓯北,阳湖(今江苏省常州市)人。清乾隆二十六年(1761年)进士,殿试第三,授翰林院编修。官至贵州分巡贵西兵备道,后主讲扬州安定书院。著有《廿二史札记》、《瓯北诗钞》。

① 论诗:作者对诗歌创作的主张,认为应该有自然天成的观点,不断创新的观点,要有独立见解,切忌拟古盲从。

② 李杜:唐代大诗人李白、杜甫。二人并称始于韩愈等人的诗文。

③ 代:每一世代。才人:指杰出的诗人。

④ 风骚:风指《诗经》中的《国风》,骚指屈原的《离骚》,风骚并称,泛指诗歌。这句是说每代才人各自开创一代新的诗风。

　　李白、杜甫的诗篇万人颂传,

但今日已觉李杜诗篇并不新鲜。

每朝每代都涌现出优秀人才，

开拓一代诗风又影响几百年。

诗人基于"诗文随世运，无日不趋新"（《论诗》）的文学发展观，指出每个时代都有代表本时代精神的伟大诗人出现，创其一代的新诗风，领导一代诗坛，不断促进诗歌艺术的繁荣发展。一代一代新的诗篇不断涌现，即使万人传诵的李杜诗篇，也不能说是今日时代最新鲜的诗篇。这是作者精辟的见解。诗歌创作要具有时代精神，又要有个人独创性。对于乾隆以来诗坛上关于宗唐或宗宋之争，以及盲目崇古尚今的风气，从正面提出了开拓创新的观点，具有革新意义。

少 年 行①

黄景仁

男儿作健向沙场②，自爱登台不望乡③。
太白高高天尺五④，宝刀明月共辉光⑤。

黄景仁（1749～1783），清代诗人，字仲则，号鹿菲子，武进（今江苏省武进县）人，北宋诗人黄庭坚的后裔（yì）。他四岁丧父，十六岁应童子试，三千人中名列第一。以后屡应乡试不中，一生失意，贫病交加。诗多愤世感伤，著有《两当轩集》。

① 少年行：乐府诗旧题。

② 作健：振作自强不息的精神。沙场：战场。

③ "自爱"句：写男儿不留恋故土之态。

④ 太白：山名。在陕西省周至、太白县之间，是秦岭的主峰。天尺五：离天一尺五，形容极高。

⑤ 共辉光：互相辉映。

男儿逞英豪杀敌到战场，
登台远望却不留恋故乡。

在那高高的太白山顶上，
战刀闪闪亮同明月争光。

 **帮你读**

　　这首诗是作者早年之作，抒发他少年离家，登台怀古，向往驰骋（chěng）疆场，建功立业的豪情壮志。古人出征久在外，常登台眺望家乡，以慰乡思之情。但他却不留恋家乡亲人，而想像自己登上太白之巅（diān），手执战刀与明月争辉。这首诗全篇充满豪情壮志，塑造出一位少年英雄的形象，给人以鼓舞力量。

木兰花慢①

杨 花

张惠言

侭飘零尽了②,何人解③,当花看。正风避重帘,雨回深幕④,云护轻幡⑤。寻他一春伴侣,只断红相识夕阳间⑥。未忍无声委地⑦,将低重又飞还。　　疏狂情性⑧,算凄凉耐得到春阑⑨。便月地和梅,花天伴雪,合称清寒⑩。收将十分春恨,做一天愁影绕云山⑪。看取青青池畔,泪痕点点凝斑⑫。

张惠言(1761～1802),清代文学,经学家,字皋(gāo)文,武进(今江苏省武进县)人。清仁宗嘉庆四年(1799年)进士,官翰林院编修。他精通《周易》,工散文,与恽敬同为阳湖派古文大家。他也是常州词派的创始人。所辑《词选》,对常州词派的形成和清词风格的变化颇有影响。著有《茗柯文》及《茗柯词》。

① 木兰花慢:词牌名,是《木兰花》延长引申的曲子。

② 侭:任凭。

③ 解:懂得。

④ 幕:指帐幕。

⑤ 幡(fān)：旗幡。

⑥ 断红：指落花。

⑦ 委：抛弃。

⑧ 疏狂：狂放不羁(jī)。

⑨ 春阑：春残，春尽。

⑩ "便月地和梅"句：写杨花和月、梅、雪一样清寒风致。在地上同月、梅一样风韵清雅，在天空同雪一样飘逸(yì)洁白。

⑪ 这句是说，杨花的愁和恨绵绵无限，无法收拾，杨花不再与春天论长短，而将一腔愁绪埋藏在心底。

⑫ 取：语气助词，同"着"。与宋代苏轼《水龙吟》"细看来不是杨花，点点是离人泪"取意略同。古人有杨花落入池沼化为浮萍之说，解释为杨花凝成的泪痕。

任凭她随风飘荡零落尽了，

有哪个人理解，

把她当做花来看？

她正是这种情态：

随轻风，避开重帘，飞进屋堂。

遇细雨，旋回在深深的幕帐。

靠云雾，像护花幡一样轻轻地飘扬。

她四处寻找着春天的伴侣和知音，

找不着呵，只有落花，

相识在残阳落照的刹那间。

她实在不愿意无声无息地下坠到地，
挣扎着又从最低处重又飞旋向上。
她那狂放的性情，
直到暮春，才算耐得住凄凉。
同月下梅花一样绰（chuò）约，
暗暗地发出芳香。
愿同飞雪作伴，
把一片晶莹洒向人间。
她同梅、雪都够得上清寒之友，
只留清气满乾坤。
算了吧，把在春天里的一肚子怒气，
化为一天愁影情绪缠绕云山。
看那青青池畔里的碎浮萍，
点点都是她的泪凝成的斑痕。

金元明清诗词

帮你读

近代词论家谭献说这首咏物花词"撮两宋之菁英"（《箧中词》）。它将咏物与抒怀融合为一，表面是写杨花飘零经历的情态行踪，实质上是写一位漂泊不定、怀才不遇的寒士的内心活动。词开头的反诘（jié）句，引起人们的深思，这种身世为什么不为世人理解，这种才能为什么不能为世人所重用。身世之感和被委屈的情绪，"意内而言外"。起句，笼罩全词气势。上片，着重写杨花的风神，围绕"飘零"二字着笔。首写飘零的感慨——受人冷遇；次写飘零的情态——如风、如雨、如云；再写飘零的孤独——找不到伴侣;后写飘零的挣扎和抗争——"未忍无声委地,将低重又飞还",这两句把杨花的形神写活了。虽然这两句是从宋代章质夫《水龙吟·杨花》"垂垂欲下,依前被风扶起"点化而来,但比章词更有生趣,赋予了杨花自强向上的生气。下片,写杨花的气骨、性格和归宿,也是飘零的必然结局。先写性情的疏狂和身世的凄凉;次写杨花的品格清寒、高洁、晶莹,可与雪与梅与月同伴争洁,实际上孤独无伴;再次写杨花伤感情绪充满天地间;结句再进一步刻画杨花抱恨终身的不幸命运,真是"一个飘零身世,十分冷淡心肠"。这首词的写作和意境上都受宋代章质夫和苏轼《水龙吟·次韵章质夫杨花词》的影响,但在主题思想上比章、苏词开拓,不局限于女子,不局限于个人身世,而是写寒士怀才不遇、自伤漂泊的感喟(kuì)。在具体刻画杨花的形神情态上,更多地融入自身的情怀和对人世的感叹,达到物我融合为一的意境,有翻出新意的地方。在感伤的情调中又吐露出几分自强向上的意念,可以说比前人提高了一步。该词咏古咏物,无一处不咏怀,但又无一句不切主题,贵在不粘不脱之妙。正所谓"取神题外,设境意中"(近代况周颐《蕙风词话》)。

金元明清诗词

蝶恋花①

周 济

柳絮年年三月暮②。断送莺花，十里湖边路③。万转千回无落处，随侬只恁低低去④。　　满眼颓垣欹病树⑤。纵有余英，不直封姨妒⑥。烟里黄沙遮不住，河流日夜东南注⑦。

周济（1781～1839），清代文学家、史学家，字保绪，一字介存，晚号止庵，荆（jīng）溪（今江苏省宜兴县）人。嘉庆十年（1805年）进士，官淮安府学教授。他通经世之学兼通兵家之言，习击刺骑射。道光八年（1828年），离开扬州，隐居于金陵春水园，弃武习文，以著述为业。他是常州词派的重要词论家。著有《晋略》、《介存斋论词杂著》、《味隽斋词》，并辑《词辨》等。

① 蝶恋花：词牌名，又名《鹊踏枝》、《凤栖梧》。

② 柳絮：暮春三月，杨柳的种子随所附白绒毛飞散，纷乱如雪，色白质软，状如白絮，俗称杨花、柳絮。

③ 莺花：比喻春天鸟语花香。这句是说：杨柳飞花，为春天送行。

④ "随侬（nóng）"句：既然无落处，只好嫁与东风，随它低低而去。

⑤ 颓垣（tuí yuán）：倒塌的墙。欹（qī）：倾斜。

⑥ 封姨：神话中的风神，又名封十八姨。后世诗人以封姨为风的代称。此处比喻春风。

⑦ 烟：当指阳春烟景。黄沙与河流联系起来理解。作者惋惜春光的流逝如同"东南注"的河流一样。

 译过来

暮春三月，

洁白的柳絮年年漫天飞舞。

送去了啼莺，送走了花香，

湖边十里长的柳荫（yīn）路，

都是送春处。

送呵送呵！千回万转，

自己却没有归宿之地。

也只好由东风支配自己，

低低地跟去。

触目惊心——

倒塌的园墙脚边，

依着斜歪的老干病树。

即使还有未被风刮走的败絮，

也不值得风神嫉妒（jí dù）。

难道就这样永远下坠到地？不！

随着烟波，任何飞沙都挡不住。

随着江河，日日夜夜向大海倾注。

　　杨花的归宿，一是落向人间，任人摆布；一是飞往天外，羽化登仙。作者这首词为杨花指点迷津。这首词写春感，是他晚年之作，借咏柳絮的失落，寄托自己对生命浮沉的感慨。似寄托而非寄托，含意比较隐晦(huì)。上片写柳絮年年送春，年年无着处，大有春光流逝之感。下片写柳絮遭到风神嫉妒，为柳絮寻觅归宿，不多情，不梦想，也不凝泪，而是逐波随浪归大海。逝者如斯，出路在此，寄托了作者自己的胸襟和理想。柳絮年年飘零无着，遭欺受妒，这种生命是短暂的、渺小的、可怜的。如果升华到另一种境界：河流日夜向东南倾注，谁也挡不住，这种生命是永恒的、宏大的、可歌可泣的。这首词的起处和结处是矛盾的又是统一的。用很小的柳絮开端，用很大的河流结尾，小与大的对比，这也是词家惯用的一种表现手法。

己亥杂诗（三百一十五首选二）①

龚自珍

（一）

浩荡离愁白日斜②，吟鞭东指即天涯③。

落红不是无情物④，化作春泥更护花⑤。

 **讲一讲**

龚自珍（1792～1841），近代思想家、文学家，字尔玉，又字璱（sè）人，号定盫（ān），仁和（今浙江省杭州市）人。清宣宗道光九年（1829 年）进士，官至内阁中书、礼部主事祠祭司行走，四十八岁辞官南归。他是近代的启蒙思想家和杰出的文学家，对后来资产阶级改良主义思想的形成起了先驱作用。著有《龚自珍全集》。

① 己亥：清道光十九年（1839 年）。这年春天，作者因父病辞官回乡，后又北上接家眷（juàn）南返，在往返中写了三百一十五首诗，直抒胸臆，杂述见闻，评论时政，赠友答朋，回忆往事等，总题《己亥杂诗》。这里选了两首：（一）是原第五首，（二）是原第一百二十五首。

② 浩荡：广阔宏大，形容离京的无限愁绪。白日斜：日落西下。

③ 吟鞭:鸣鞭。作者不是骑马,为什么用鞭字,这是借代辞,即修辞学上的以甲代乙。指作者离京动身。东指:由北京返到杭州,当时从北京城东的广渠门出发。天涯:天的尽头,形容路途很遥远。

④ 落红:落花。这是作者自喻。

⑤ 化作春泥:落花辞了故枝,也要变成肥土滋养鲜花生长。这是比喻自己辞了官,仍然为国家尽自己的力量。

满天离京的愁绪,缠着西下的夕阳,

甩响鞭子,遥指东方,向着天边的家乡。

败落的花朵,不是无情地离开故枝,

它要化成肥土,滋护着花枝招展。

写这首诗时,作者的改革主张不被朝廷赏识和采纳,又遭到权臣的反对,不得已辞官归里,离京别友,不能不感到"近来愁似天来大"(辛弃疾语)。愁绪,风吹不散;白日西下,更添心上愁。只有回老家杭州去,一鞭子把愁绪抛向天空。自己虽然远离朝廷,像落花一样辞别了故枝,仍然不放弃对国家和社会应尽的责任。这首诗描绘了欲离未离、已离不离的复杂心情,在描写情景中含有理趣。人道:花落情衰。它却道:花落情在。不仅它是有情物,而且化做春泥,滋护着花枝招展。用诗说理,一是通过景物形象,二是反映事物的规律性。否则,没有诗味,如同嚼(jiáo)

蜡一样。

（二）^①

九州生气恃风雷^②，万马齐喑究可哀^③。

我劝天公重抖擞^④，不拘一格降人才^⑤。

① 这是原诗第一百二十五首。诗末作者自注："过镇江见赛玉皇及风神雷神者,祷词万数。道士乞撰青词。"玉皇,是道教奉信的至高至大的天帝。玉皇神诞日举行迎神赛会,叫赛玉皇。祷词万数,指祷告祭神求福的人,成千上万。乞:请求。撰(zhuàn):写作。青词:道教的祭神文,用朱笔写在青藤纸上,叫青词,也叫绿章。

② 九州:中国古代地域分为九州,这里泛指全中国。生气:朝气蓬勃。恃(shì):依靠。风雷:指风暴雷霆般的变革力量。

③ 喑(yīn):哑。万马齐喑,比喻当时清廷是一种死气沉沉的政治局面。究:毕竟。

④ 天公:俗称老天爷,喻指清廷皇上。重(chóng):重新。抖擞(sǒu):振作、奋发。

⑤ 拘:拘泥、局限。格:格套、常规,指封建科举制度。降(jiàng):产生。

九州的朝气，要靠风雷去激荡。

可悲呵！死气沉沉，像万匹哑马。

我奉劝老天爷重新振奋起来，

打破常规，让大批人才从天而降。

己亥（1839年）这一年，正是鸦片战争爆发的头一年。清王朝日趋没落，政治腐败，社会是死气沉沉，令人窒(zhì)息的一种局面。作者有感于此，极力主张革新政治，广开言路，广开才路。但看不到变革现实的力量，仍然希望"天公"（指清道光皇帝）破格，重用各族各阶层的俊杰人才，以挽救清王朝。诗的开篇，大气包举，笼罩全篇。起句中的"恃"字包含了当时社会的情势以及作者对变革社会的理想、抱负和愿望。作者的理想在于唤起"九州生气"，大声疾呼要"不拘一格降人才"，期待风雷滚滚、生气勃勃的革新局面降临中国大地。但在当时的社会制度下，这仍然是空想。这首诗的思想性和艺术性比较完美地结合，辞意清新，别开生面，气势磅礴(páng bó)，读后令人深受鼓舞。

关于诗话和词话

诗　话

　　什么叫做诗话？诗话是评论诗歌、记述诗人故事的笔记体著作。宋代许𫖮在《彦周诗话》中说："诗话者，辨句法，备古今，纪盛德，录异事，正讹（é）误也。"他所列举的诗话内容大体可以分为两类：一类是品评诗人诗作，探讨诗歌的源流、体别和作品艺术形成与价值，考订字句讹误，诠释名篇佳句，着重在"评论"；一类是记载诗坛掌故、诗歌和诗人的奇闻轶（yì）事，着重在"记述"。以诗话命名的著作始于宋代欧阳修的《六一诗话》。

　　古代诗话是我国古典诗歌高度繁荣的产物。早在先秦时代，就已盛行谈诗的风气。孔子说："不学诗，无以言"（《论语·季氏》）。在当时的社会中，就有赋诗言志、诗文交往的风气。当时的一些文章著作中，就有解诗、评诗的精彩论述。如先秦诸子散文中，虽无诗文评论专著，却有一些论诗的片断和警语。汉魏六朝直至唐代，逐渐出现了诗文评论专著。著名的有汉代的《毛诗序》，三国时代曹丕的《典论·论文》，晋代陆机的《文赋》，南朝梁代刘勰的《文心雕龙》，南朝宋代刘义庆的《世说新语·文学》，南朝梁代钟嵘的《诗品》，唐代托名为王昌龄的《诗格》，皎然的《诗式》，司空图的《二十四诗品》等，在探讨诗歌理论问题上，对后世诗歌研究有很大的影响。

宋代是诗话勃兴和繁荣的时代。这与宋代诗歌理论和诗歌创作的发展有密切的关系。北宋的大文学家、诗文革新运动主将欧阳修所撰写的《六一诗话》，是第一部名为诗话的著作。它开创了一种比较自由活泼的谈诗论文的体制。此后，诗话成为评论诗人诗作，发表诗歌理论批评意见的一种广泛流行的形式。现存完整的宋代诗话有四十余种，不完整的和未流传下来的诗话就更多。如司马光的《续诗话》（序中说明为续欧阳修《诗话》而作），刘攽的《中山诗话》，魏泰的《临汉隐居诗话》，陈师道的《后山诗话》，叶梦得的《石林诗话》，张戒的《岁寒堂诗话》。在宋代诗话中，提出比较系统的诗学理论而又具有较高学术价值的是姜夔的《白石道人诗说》和严羽的《沧浪诗话》。严羽强调兴趣、妙语、别材、别趣，启发了后代的神韵说、性灵说；主张诗学以盛唐为法，又为明清格调所本。他的诗论对后世诗学影响极大。

金元诗话中，有金代王若虚的《滹南诗话》，元好问的《论诗绝句》三十首，代表了金代诗学的最高成就。元代诗话著作大致分两类：一类探讨诗歌作法，有杨载的《诗法家数》、范梈的《木天禁语》等；一类记述逸闻轶事，有吴师道的《吴礼部诗话》、辛文房的《唐才子传》等。

明代诗话著作向文学批评方面发展，论诗逐渐趋于系统化，同时也反映了明代文学思想演进的轨迹，成就高于金元。明代文坛先后出现过"前七子"（李梦阳、何景明、徐祯卿、边贡、康海、王九思和王廷相）和"后七子"（李攀龙、王世贞、谢榛、宗臣、梁有誉、徐中行、吴国伦）。他们倡言"文必秦汉，诗必盛唐"。在诗风上反对虚浮的"台阁体"，提倡古诗宗汉、魏，律诗宗盛唐。"前七子"中虽以李梦阳、何景明为领袖，但诗话著作最著名的是徐祯卿的《谈艺录》。代表"后七子"诗学观点的诗话著作,有谢榛的《四溟诗话》、王世贞的《艺苑卮言》,还有王世懋的《艺圃撷余》、胡应麟的《诗薮》。杨慎的《升庵诗话》,也是明代诗话中比较优秀的一部。

清代诗话在数量和质量上大大超过前代。作者不仅有诗人、诗论家,也有思想家、学问家,因而清代诗话著作更趋于系统化、理论化、专门化,极富学术价值。清代的"神韵"说、"格调"说、"性灵"说、"肌理"说,无不以自己的诗话著作,在文学思想发展道路上辗出清晰的轨迹。

清初影响最大的是王士禛的"神韵"说。在他的《带经堂诗话》中把神韵当做诗歌创作和诗歌理论的根本问题提出来,并发挥了前人神韵之说。

对"神韵"说持不同观点的有吴乔的《围炉诗话》、赵执信的《谈龙录》。对"神韵"说加以发挥和修正的是倡导"肌理"说的翁方纲。王夫之的《姜斋诗话》诗论中,也包含着"神韵"和"性灵"的因素,但与"神韵"说和"性灵"说有着根本不同。沈德潜的《说诗晬语》又继承前后"七子"的"格调"说,并加以完善。薛雪的《一瓢诗话》主张学古,重在"悟入",入而能出,学而能化,与明"七子"的"格调"说自有很大的不同。乾隆时期,风靡诗坛的还有袁枚的"性灵"说。他在《随园诗话》中提出了"鲜"与"真"二字,代表了"性灵"说的真髓。他对"神韵"说、"肌理"说、"格调"说均持不同的观点。赵翼的《瓯北诗话》,则强调"争新"、"独创"。清末,支持"性灵"说而又有所修正的是刘熙载,他的《艺概》是清人诗论的集大成者。近代诗话,主要的有陈衍《石遗室诗话》、梁启超的《饮冰室诗话》,开始认识运用传统的诗歌形式,写新思想、新事物,表现新时代,宣扬"诗界革命"。

古代诗话著作,是我国文学宝库中一份十分重要的遗产,有很高的学术价值。它们总结了古代诗歌创作的有益经验,不断地发掘了前人诗学研究和创作的成果,提出和探讨了古典诗歌的艺术技巧,揭示诗歌的艺术规律,反映一定的文学观念或文学思想,记述了许多诗歌本事,也保存了不少古代佚诗。

目前比较有价值而又流传广泛的诗话丛书,有清代人吴景旭编撰的《历代诗话》,主要解释、考订历代诗人诗作;还有何文焕辑的《历代诗话》,汇集南朝梁钟嵘《诗品》至宋、元、明诗话共二十八种。还有近代丁福保编的《历代诗话续编》,辑有诗话二十九种。《清诗话》辑四十三种。今人郭绍虞编选的《清诗话续编》,选辑清诗话三十四种,以评论为主,与《清诗话》并阅,可见清代诗论的概貌。

词 话

什么叫做词话?词话是评论词作和记述词人故事的笔记体著作。词话是在诗话的影响下,在词作逐步繁荣的过程中产生的。最早的词话都是夹杂在诗话著作和笔记之中的。宋词的繁荣带来了词话著作的出现。从内容上看,词话包括记载琐闻、诠释典故、评价得失、考证故实、研究声律、探讨源流等等。清代徐釚辑的《词苑丛谈》,辑录历代词话,内容分为体制、音韵、品藻、记事、辨证、谐谑和外编七类。

宋代出现了最早的词话专著。现在所知最早的词话专著是宋人杨绘的《时贤本事曲子集》。此书久佚,后人辑得九条,合为一卷。现在传世的第一部有价值的词话专著,当推南宋王灼的

《碧鸡漫志》。稍后的词话专著,有沈义父的《乐府指迷》和张炎的《词源》。

元、明两代的词话著作,不及诗话繁荣和富有学术价值。在词学理论和词作批评上值得称道的有:元代陆行直的《词旨》、明代杨慎的《词品》、陈霆的《渚山堂词话》和王世贞的《词评》。

词的发展,到了清代又重新活跃起来。清词话多达数十种。其中明显地反映了浙西词派和常州词派的对立观点。浙西词派的创始者朱彝尊及其继起者厉鹗,以其浙派词风整整影响了清一代词坛。发挥浙西词派理论的词话著作有:许昂霄的《词综偶评》,郭麐的《灵芬馆词论》,吴衡照的《莲子居词话》。代表常州词派学观点的词话著作,有周济的《介存斋论词杂著》、谭献的《复堂词话》、谢章铤的《赌棋山庄词话》、陈廷焯的《白雨斋词话》。

清代词话著作对研究词学方面是有贡献的。在研究词的"体制声律"方面著名的词话集,有李渔的《窥词管见》、谢元淮的《填词浅说》、方成培的《香研居词麈》等。在研究词的"意境风格"等方面的词话集,有刘体仁的《七颂堂词绎》、沈谦的《填词杂说》、贺裳的《皱水轩词筌》。研究形似与神似问题的词话集,有邹祗谟的《远志斋词衷》、王士禛的《花草蒙拾》。对于词的风格韵味谈得比较全面的是孙麟趾的《词经》,刘熙载的《词概》,沈祥龙的《论词随笔》。

近代词坛出现的两部著名词话专著,况周颐的《蕙风词话》和王国维的《人间词话》,对整个清词作了辉煌的总结,代表着清代词学研究的最高成就。

词话丛书最重要的是今人唐圭璋先生所编的《词话丛编》,

汇集历代词话专著共六十种。

　　读一点古代诗话词话，了解一些有关问题，对于我们学习古典文学知识，更好地阅读理解古典诗词作品，提高文学鉴赏水平，都会大有帮助。但是，也同学习其他古代文化遗产一样，要注意一个"澄泾辨渭，拾珠弃蚌"（《隋书·潘徽传》）的问题。这就是说，我们对待古代文化遗产，要有一种科学的学习态度：取其精华，去其糟粕，古为今用。

图书在版编目（CIP）数据

金元明清诗词/傅璇琮主编． —济南：泰山出版社，
2007.4 （阅读中华经典）
ISBN 978－7－80634－594－8

Ⅰ．金… Ⅱ．傅… Ⅲ．①古典诗歌—作品集—中
国—辽宋金元时代—青少年读物②古典诗歌—作品集—中
国—明清时代—青少年读物 Ⅳ．I222

中国版本图书馆 CIP 数据核字（2006）第 138627 号

主　　编　傅璇琮
编　　著　谢庆贵　宋忠泽
责任编辑　葛玉莹
装帧设计　胡大伟

阅读中华经典

金元明清诗词

出　　版　泰山出版社
社　　址　济南市马鞍山路 58 号　邮编　250002
电　　话　总编室（0531）82023466
　　　　　发行部（0531）82025510　82020455
网　　址　www.tscbs.com
电子信箱　tscbs@sohu.com
发　　行　新华书店经销
印　　刷　沂水沂河印刷有限公司
规　　格　150×228mm　16 开
印　　张　12.375
字　　数　110 千字
版　　次　2007 年 4 月第 1 版
印　　次　2015 年 12 月第 3 次印刷
标准书号　ISBN 978-7-80634-594-8
定　　价　19.50 元